COLLECTION FOLIO

Jean Giono

Solitude de la pitié

Gallimard

A ma fille,
Aline.

Solitude de la pitié

Ils étaient assis contre le portillon de la gare. Ils ne savaient quel parti prendre, regardant la patache puis la route huilée de pluie. L'après-midi d'hiver était là dans la boue blanche et plate comme un linge tombé de l'étendoir.

Le plus gros des deux se dressa. Il fouilla des deux côtés dans sa grande housarde de velours, puis il cura du bout des doigts la petite poche de charpentier. Le postillon grimpait sur le siège. Il faisait déjà claquer la langue et les chevaux dressaient l'oreille. L'homme cria : « Attendez. » Puis il dit au compagnon : « Viens » et celui-là vint. Il flottait, tout maigre, dans une épaisse houppelande de berger à bout d'usage. Le cou sortait de la bure, décharné comme une tresse de fer.

— C'est pour où, demanda le gros ?
— Pour la ville.
— C'est combien ?
— Dix sous.
— Monte, dit le gros.

Il se baissa, écarta les pans de la houppelande, haussa la jambe de l'autre jusqu'au marchepied :

— Monte, il lui dit ; fais effort, vieux.

*

Il fallait laisser le temps à la demoiselle de ramasser ses cartons et de se pousser. Elle avait un bon nez tout blanc à grosse ligne et elle savait qu'on voyait son nez sous la poudre de riz, alors elle regardait toujours un peu de côté comme d'un air méchant, et c'est pour ça que le gros lui dit : « Pardon, Mademoiselle. » Il y avait, en face, une madame potelée, douillette, dans un manteau avec de la fourrure au col et aux manches ; un commis-voyageur qui se serrait contre la madame, et, pour mieux la toucher au bas des seins avec son coude, il mit son pouce dans l'entournure de son gilet.

— Appuie-toi là, dit le gros en haussant l'épaule.

L'autre pencha sa tête et la posa.

Il avait de beaux yeux bleus immobiles comme de l'eau morte.

On allait au pas parce que ça montait. Le bleu des yeux accompagnait le passage des arbres. Sans cesse, comme pour les compter. Puis, on traversa des champs plats et il n'y eut plus rien dans la vitre que le ciel gris tout pareil. Le regard s'immobilisa comme un clou. Il allait se planter droit dans la madame potelée mais il avait l'air de regarder au travers, plus loin, tout triste, comme un regard de mouton.

La dame serra son col de fourrure. Le commis-voyageur toucha le devant de son pantalon pour voir si c'était bien boutonné. La demoiselle tira sur sa jupe comme pour l'allonger.

Ce regard était toujours planté au même endroit. Il y déchirait, il y faisait du pus comme une épine.

La dame essuya ses lèvres avec la peau de son

gant ; elle sécha ses lèvres qui luisaient d'une salive douce. Le commis-voyageur toucha encore le devant de son pantalon puis il déroula son bras plié en imitant un qui a la crampe. Il essaya de fixer en face ce regard d'eau morte mais il baissa les yeux puis il mit la main comme sur son cœur. Le portefeuille y était bien. Il le palpa quand même dans son contour et dans son épaisseur.

Une ombre emplit la voiture ; la petite ville accueillait l'avenue de la gare avec ses deux bras de maisons pleins de dartres. Elle présentait d'un côté un « Hôtel du Commerce et des jardins » de l'autre, trois épiceries jalouses et aigres.

*

Monsieur le Curé débourra sa pipe dans le bassin aux offrandes, le cendrier était là-bas sur le rebord du prie-dieu. Il mit la pipe chaude à l'étui. Il s'agissait maintenant de classer par rues et par maisons ces numéros des *Veillées Religieuses* qu'il allait distribuer aux abonnés. Il manquait trois livraisons. Il souleva les livres et un numéro de *La Croix* tout étalé. A la fin, elles étaient là, sous le paquet de fressure de porc que son frère venait d'apporter. « Ça n'a pas plus de soin... » Une couverture était tachée. Il l'inclinait dans le jour gris de la fenêtre pour voir si ça se voyait bien, si, en le donnant de biais... ou bien alors, il n'y avait qu'à le donner, tel que, à Mme Puret la lampiste : elle n'y voit guère ; elle a toujours les doigts pleins de pétrole ; elle croira que c'est elle.

Il y avait aussi, là, sur le plancher et laissée aussi par l'Adolphe, une plaque de fumier d'écurie à l'empreinte d'un talon. M. le Curé se leva et, à petits coups de pointe de soulier poussa l'ordure jusqu'à l'âtre.

— Marthe, on a sonné.

— Quoi? demanda Marthe en poussant la porte de la cuisine.

— On a sonné, je dis.

Sur la servante, la mince ficelle du tablier départageait les grosses mamelles et le ventre.

— Encore. Aussi, Monsieur, vous pourriez un peu aller voir. Toujours monter, descendre, moi, avec mes jambes... mon emphysème... Vous en verrez la fin, à la fin.

On sonna encore une fois.

— Allez un peu voir, vous. Si c'est peu de chose, vous le réglerez en bas. Avec ce temps, ceux qui montent me salissent partout.

Elle avait la figure toute mouillée de graisse.

— C'est en plaçant les bardes de lard, elle dit. Le garde-manger est trop haut. Une a glissé et je l'ai retenue avec la joue.

*

— Voilà, cria le curé dans le couloir.

Puis il tira les verrous et ouvrit la porte.

— Bonjour Monsieur, dit le gros.

Le maigre aux yeux bleus était là derrière à grelotter dans sa houppelande.

— On ne peut pas donner, dit le curé en les voyant.

Le gros retira son chapeau. Le maigre porta la main en l'air, le regard planté dans le curé.

— Vous n'auriez pas quelque petit travail? dit le gros.

— Un travail?

Et le curé avait l'air de réfléchir, mais en même temps il poussait doucement la porte.

— Un travail.

Il ouvrit la porte en plein.

— Entrez, il dit.

Le gros qui avait remis son chapeau l'enleva encore à la précipitée.

— Merci bien, monsieur le Curé, merci bien.

Et il râcla ses souliers au râcloir, et il entra en courbant un peu l'échine, malgré la haute imposte de la porte.

L'autre ne dit rien, il entra, tout haut et les pieds sales ; il suivait les gestes du curé avec le froid triste de ses yeux bleus.

*

On entrait dans un couloir charretier parce que la cure avait été dans le temps une maison à seigneurs des champs. Venait après une cour carrée ; dans cette cour, les escaliers s'appuyaient puis montaient à grands élans carrés comme la cour.

— Attendez-moi là, se souvint de dire le curé en regardant les pieds boueux.

Il monta.

Le gros eut un petit sourire en silence.

— Tu vois, ça va aller, il dit. Vingt sous qu'on a dépensés...

*

— Marthe..., dit le curé en entrant, puis aussitôt :
— Qu'est-ce que tu fais-là?

C'était un plat posé chaud sur la table de bois blanc et là-dedans la fressure grésillait avec des morceaux de foie violets comme des fleurs et des ris en grappe.

— Une « picoche », dit Marthe.

Et elle se mit à verser en mince fil un vin épais à parfum de cep. La graisse bouillante se tut.

— C'est pour ce soir ? demanda le curé.

— Oui.

— Dis-moi, Marthe, sais-tu à quoi j'ai pensé ? Si on profitait de se faire arranger le tuyau de la pompe ?

— Faudrait descendre dans le puits, dit Marthe qui réglait le fil du vin.

— Eh oui, dit le curé.

Elle ne dit rien, puis elle releva le goulot d'un coup sec ; elle porta le plat au feu.

— Et vous le trouverez, vous, celui qui descendra ? Vous savez ce qu'il a dit, le plombier. Il n'avait pas envie de se tuer. C'est un vieux puits, et puis, de ce temps, vous le trouverez, vous ?...

— Écoute : il y en a deux, en bas, qui demandent quelque chose à faire. Ça a l'air de gens qui ont besoin.

— Alors, faut profiter, dit Marthe, parce que, vous savez, le plombier, il n'y descendra jamais, il me l'a dit. S'ils ont besoin, faut profiter.

— Voilà ce dont il s'agit, dit le curé. Nous avons une pompe, et le tuyau de plomb était cramponné contre la paroi du puits. Le crampon ou les crampons ont dû lâcher. Le tuyau s'est décollé, on pourrait dire, et il fait le serpent dans le vide. Il pèse comme ça sur les boulons du haut et ça pourrait s'arracher en plein. J'ai de ces crampons justement. Il faudrait descendre...

— Il est profond votre puits? demanda le gros.

— Non, dit le curé, non, oui, enfin, pas trop, vous savez, c'est un puits de maison : quinze, vingt mètres au plus.

— Il est loin?

— Non, il est là.

Le curé marcha vers un côté de la cour et le gros suivait, et l'autre suivait dans sa houppelande. C'était un portillon dans le mur et, dessous, une auge en vieille pierre mangée d'eau. Il ouvrit le portillon, les gonds crièrent et il tomba deux ou trois peaux de rouille sur les dalles.

— Voilà, vous voyez.

Le puits souffla une aigre haleine de plantes de nuit et d'eau profonde. Il y eut le « sssglouf » d'une pierraille détachée et qui tomba. Le curé, très en arrière, se pencha, et en même temps il reculait son derrière et on entendait se crisper ses orteils dans son soulier.

— Voilà, vous voyez.

Il eut l'air de vouloir s'excuser.

— Comme vous êtes deux, dit-il.

Le gros regarda alors son compagnon. Il était là, toujours flottant dans sa houppelande grise. Il n'avait pas de visage, sauf les yeux, les yeux bleus froids, toujours plantés dans la soutane noire du curé mais regardant, au travers et par-delà, l'âme triste du monde.

Il tremblait et il avalait péniblement sa salive à grands coups de pomme d'Adam.

— Bon, monsieur le Curé, dit le gros, ça fera, je suis seul, mais ça fera.

Marthe parut au balcon de la galerie.

— Monsieur le Curé, ça va être l'heure de votre leçon de musique.

A ce moment, juste on sonnait. Il alla ouvrir : c'était un petit garçon blond dans un beau paletot de laine.

— Montez, monsieur René, dit le curé, je vous suis.

Il revint vers les hommes.

— Le mur est peut-être un peu mauvais, dit-il.

*

— Mets-toi là, vieux, dit le gros.

Il y avait, au fond de la cour, une porte. Derrière on entendait courir et crier des lapins.

— Mets-toi là, assieds-toi. Tu n'as pas froid, pas trop?...

Puis il s'assit à côté et il commença à délacer ses souliers.

— J'aime mieux pieds nus. On se retient des ongles...

Puis il déboutonna son pantalon housarde et il le retira.

— La jambe joue mieux, et puis c'est lourd. Mets-le sur toi, ça te tiendra chaud.

La respiration du puits fumait dans l'air froid de la cour.

— Si j'ai besoin, je crierai, dit-il au moment où il enjamba le rebord.

Il se tenait encore des mains et on voyait encore sa tête. Il regardait en bas dans le noir ; on sentait qu'il était en train d'assujettir ses pieds.

— Je vois les trous, vieux, ça va aller.

Il disparut.

*

On entendait un air d'harmonium : une spirale de notes montantes qui s'accrochaient trois en trois et dardaient, semblait-il jusqu'au ciel, le balancement d'une tête de serpent.

C'était joué assez habilement par M. le Curé, puis, repris après un silence, par les mains gourdes de M. René.

Le jour diminua.

Sur la galerie de bois, là-haut au premier étage, il y avait une rangée de pots à cactus et un pot avec une touffe de violettes. L'homme regarda les fleurs. La nuit coulait dans la cour comme le fil d'une fontaine ; bientôt, on ne vit plus les fleurs ; la nuit montait jusqu'au deuxième étage.

L'homme se dressa. Il s'approcha du puits, chercha l'ouverture en tâtonnant de la main. Il se pencha. On entendait en bas, semblait-il, une espèce de râclement.

— Hé, il cria.

— Hé, répondit l'autre, d'en bas.

Ça vint au bout d'un moment, tout étouffé dans un matelas d'air.

— Tiens-toi bien, dit l'homme.

— Oui, répondit la voix. Puis elle demanda : Et toi, là-haut, ça va ?

L'homme revint s'asseoir au moment où Màrthe ouvrait la porte et paraissait à la galerie du premier, une lampe à la main.

— Vous y verrez, comme ça, monsieur René ? « Tirez la porte. »

Le garçon blond tira la porte. Marthe regarda dans la cour.

— Ils sont partis je crois, dit-elle.

*

Le gros marcha dans l'ombre. On entendait ses pieds boueux claquer sur les dalles froides.

— Tu es là, il demanda?

— Oui.

— Donne-moi mes pantalons. C'est fini.

— Fait pas chaud, dit-il encore une fois vêtu.

La maison était toute silencieuse sauf le grésillement d'une friture qui coulait du premier.

Il appela :

— Monsieur le Curé.

La friture empêchait. Il cria :

— Monsieur le Curé.

— Quoi? demanda Marthe.

— C'est fait, dit l'homme.

— Quoi? demanda encore Marthe.

— La pompe.

— Ah! Bon, je vais voir.

Elle rentra dans la cuisine et essaya de donner un coup de pompe à l'évier. L'eau coula. Monsieur le Curé lisait près du poêle dans le grésillement de la friture.

— Ça coule, elle dit.

Il leva à peine les yeux.

— Bon, va les payer.

— Combien je donne? Ça a été vite fait, somme toute.

— ... et tirez bien la porte...

Mais elle les accompagna, les regarda sortir, puis enclencha durement le loquet, poussa le verrou, mit la barre.

Il tombait une pluie tenace et froide.

Sous le réverbère, l'homme ouvrit sa main. C'était dix sous. Les yeux bleus regardaient la petite pièce et la main toute mâchurée d'égratignures et de boue.

— Tu te fatigueras, dit-il, je te suis une chaîne, moi, malade. Tu te fatigueras, laisse-moi.

— Non, dit le gros. Viens.

Prélude de Pan

Ceci arriva le 4 de septembre, l'an de ces gros orages, cet an où il y eut du malheur pour tous sur notre terre.

Si vous vous souvenez, ça avait commencé par une sorte d'éboulement du côté de Toussière, avec plus de cinquante sapins culbutés cul-dessus-tête. La ravine charriait de longs cadavres d'arbres, et ça faisait un bruit... C'était pitié de voir éclater ces troncs de bon bois contre les roches, et tout ça s'en aller sur l'eau, en charpie comme de la viande de malade. Puis il y eut cet évasement de la source de Frontfroit. Vous vous souvenez? Cette haute prairie soudain toute molle, puis cette bouche qui s'ouvrit dans les herbes, et on entendait au fond ballotter l'eau noire, puis ce vomissement qui lui prit à la montagne, et le vallon qui braillait sous les lourds paquets d'eau froide.

Ces deux choses-là, ça avait fait parler ; on était dans les transes. Plus d'un se levait au milieu de la nuit, allait pieds nus à la fenêtre pour écouter, au fond de l'ombre, la montagne qui gémissait comme en mal d'enfant. On eut cependant un peu de paix. Mais les jours n'étaient pas dans leur santé ordinaire. A la lisière de Léchau une brume verte flottait ; il y en avait, de cette brume accrochée à tous les angles de la montagne comme si le vent était lourd d'herbes de mer. Du côté de Planpre ça sentait la gentiane écrasée ; un jour, il vint une fillette du garde qui apportait un beau champignon, plus large qu'un chapeau, et blême, et tacheté de noir comme une tête d'homme mort.

Tout ça, ça aurait dû réveiller notre méfiance et à vrai dire de tout ça on se méfiait, mais la vie est la vie, allez donc en arrêter l'eau, et on s'habitue à tout, même à la peur.

Le 4 septembre c'est notre fête votive. Une vogue, comme on dit. De mon jeune temps, ça réunissait trois ou quatre communes. On y venait de Vaugnières, de Glandages, de Montbran, on passait le col... A cette heure déjà on la faisait entre nous ; il n'y avait plus que les gens des fermes hautes qui venaient, les bûcherons des tailles, et les bergers qui, de cachette, entraient le soir au village pour boire le coup. Ils laissaient les troupeaux seuls sur les pâtures des Oches.

Comme je vous l'ai dit, il s'était fait un grand calme. Il y avait au-dessus de nous un rond d'azur étalé, tout net, bien propre. Sur le pourtour de l'horizon il y avait une épaisse barre de nuages violets et lourds ; elle était là, matins et soirs, sans bouger, toujours la même, écrasant le dos des montagnes.

— C'est pour les autres, qu'on disait.

— Ça doit tomber dans le Trièves.

— Ça doit faire vilain sur la Drôme.

Et malgré ça, on disait ça, mais on regardait ce rond de bleu qui pesait sur le village comme une meule.

Maintenant qu'on sait, on sait que c'était la marque, le signe, que nous étions marqués pour la chose, que par ce rond on avait voulu indiquer notre village et le faire luire au soleil pour le désigner au mal. Va bien ; nous, on était contents.

— Le temps s'est purgé avant. Vous verrez qu'il fera beau pour la fête.

— Tant vaut, pour une fois.

Le fils du charron allait à toutes les maisons avec une liste et on donnait, qui cent sous, qui trois francs pour que notre fête soit une belle fête et qu'elle ne nous fasse pas prendre honte. Près de l'école, il y avait, déjà, une baraque qui sentait le berlingot.

Il y eut pendant une nuit ou deux des bruits de ciel.

— Ça, si, quand même...

Mais non ; les matins étaient blonds d'herbe mûre, le vent sentait la flouve, il y avait ce rond de bleu plein de soleil qui nous trompait. La terre était chaude au pied et élastique comme un fruit.

Ce 4 de septembre, donc, on écarta les volets, et c'était le beau temps. Ceux du Café du Peuple avaient planté un mai devant leur porte, un jeune sapin tout luisant, et dans les branches étaient pendues l'écharpe rouge qu'on gagnait aux boules, l'écharpe bleue qui était le prix de la course des filles, et la taïolle qui était le prix de la course des hommes et tout ça flottait dans un ruisseau d'air allègre, parfumé, joueur comme un cabri.

Ceux du Café du Centre avaient installé des tréteaux jusque sous l'Arbre de la Liberté. Le lavoir
était plein de bouteilles qui fraîchissaient sous l'eau.
L'épicier avait commandé à son cousin du Champ-
saur une caisse de tartelettes, et il était sur le pas de
sa porte à les attendre, et il disait à ceux qui pas-
saient :

— Vous savez, je vais avoir des tartelettes.

Et on pensait :

— Bon, ça fera bon dessert.

Apollonie attendait ses neveux du Trièves. Le
frère d'Antoine devait venir des Coriardes avec
toute sa famille. Les joueurs de boules du Tra-
buech s'étaient fait inscrire et c'étaient des forts...
De Montama, ils venaient six, de Montbran, trois,
et on savait que les bergers des Oches viendraient,
mais on n'en disait rien.

Les premières vilaines figures qu'on vit furent
les gens des Coriardes. Ils mirent le mulet à l'écurie,
sans mot dire, en se regardant en dessous, et, sitôt
après, le père souffla à Antoine :

— Il faudra que tu t'arranges pour nous faire
coucher ce soir, on ne veut pas retourner à la nuit.

Puis :

— Fais-nous boire quelque chose de fort.

On leur demanda ce qu'ils avaient.

— Rien.

Et il leur resta du noir mystère dans les yeux
pendant plus de deux heures.

Ceux du Trièves étaient mouillés.

— Il pleut, au col, et tout drôle...

Seulement, à ça, on n'y pensa vite plus. Il y eut,
dans le ciel, comme une main qui écarta l'amoncelle-

ment des nuages, une petite brise coula qui sentait
la reine des prés, le soleil s'étala sur la terre et se
mit à y dormir en écrasant les ombres. Il ne resta
plus de menace que du côté de Montama où les
nuages étaient toujours luisants et sombres comme
un tas d'aubergines.

Au Café du Centre, c'était plein à déborder. Dans
la cuisine c'était un bruit de vaisselle et d'eau à
croire qu'un torrent y coulait. On s'inondait de bière
et de vin. Sur le parquet, quand on bougeait ses
pieds, ça faisait floc dans de la mousse de bière et du
vin répandu. Dehors il y avait du monde jusque
dessous l'Arbre de la Liberté. La Marie allait au
lavoir, elle s'emplissait les bras de bouteilles toutes
ruisselantes d'eau fraîche, et elle apportait ça en
frissonnant parce que ça lui mouillait les seins et qu'à
la longue cette eau lui dégoulinait jusqu'au ventre.

Comme elle arrivait pour servir on lui pinçait les
cuisses, on lui tapait sur les fesses, il y en a même qui
s'enfonçaient à longueur de bras sous sa jupe.

— Ah, laissez-le, ça, que c'est chaud, elle disait.

De boire, il y en avait qui étaient déjà malades et
qui chantaient « Pauvre Paysan ». D'autres sortaient
vite du banc pour aller s'efforcer de la gueule dans
un coin. Il y en avait qui riaient on ne sait pas de
quoi, mais d'un rire! et qui pissaient, tout assis, et qui
reprenaient le sérieux en se sentant mouillés dans
l'entre-jambe, puis qui repartaient à rire et à boire.
Au Café du Peuple, c'était pareil, sauf dans un coin,
tout au fond, à une petite table où ils étaient, les
trois du Trièves. Ils avaient passé le col le matin.
C'est pas pénible en septembre, mais ils disaient :

— C'était drôle, oui, et pas naturel, et qui sait?...

Ils avaient la pipe et de grands verres, et ils
essayaient de faire passer l'inquiétude.

Le midi, ce fut une affaire pour tirer tout ce monde de là. On était en train de discuter la défaite de Polyte aux boules, avec mon Polyte tout sombre, au beau milieu, et qui mâchait ses moustaches. Vous parlez si on engueula les ménagères... Pour les jeunes, encore, ce fut facile. Ils s'étaient excité les mains sur les fesses des servantes ; rien que de sentir l'odeur de leur femme, ça les faisait dresser, mais pour les autres, il fallut en dire!

— Va gros sac! — Viens donc! — Tu t'es bien arrangé, déjà. Et des « A ton âge » et des « Tu es beau, va » et même des claques de l'homme à la femme et de la femme à l'homme, en famille, quoi.

Et de ceux qui répondaient :

— Va te coucher, vieille sangsue.

Et qui se levaient quand même et s'en allaient.

Enfin il y eut de nouveau du large et de l'espace vide dans la rue et dans les deux cafés, et pendant qu'on dînait, il y eut aussi, dans le ciel, comme un oiseau, un épais silence, lourd et seul. Dans ce silence il n'y avait ni bise, ni bruit de pas, ni soupir d'herbe, ni bourdon de guêpes ; il était seulement du silence, rond et pesant, plein de soleil comme une boule de feu.

C'est au milieu de ce silence qu'un homme arriva, par le chemin de la forêt. Il venait dans l'ombre des maisons. Il avait l'air de se musser sous cette ombre. Il allait deux pas, puis il épiait, puis il faisait encore quelques pas légers en rasant les murs. Il vit notre peuplier. Alors il osa traverser une grande plaque de soleil et il vint vers l'arbre. Il resta là un moment à renifler. Il prenait le vent. Il avait le dos rond, comme les bêtes chassées. De sa main il caressait la vieille peau de notre arbre. A un moment il abaissa une branche et il mit sa tête dans les feuilles pour les sentir. Enfin, il s'avança jusqu'au Café du Peuple, il écarta le rideau et, doucement, il entra.

J'avais vu ça de ma fenêtre. J'allais déjà faire ma sieste. La fête était peu de chose pour moi, j'étais seul à la maison, comme vous savez.

Maintenant, c'est d'après le dire d'Antoine qui le servit.

Il était maigre et tout sec ; sans âge. Il était sans veste, en chemise de fil bleue comme le ciel ; il en avait retroussé les manches et on voyait ses coudes plissés et noirs comme des blessures de branches sur un tronc. Il avait du poil sur la poitrine comme un chien de berger.

Il demanda de l'eau. Pas plus. Et il dit :

— Je payerai.

Une fois dit, ça n'avait pas l'air qu'on puisse aller contre. On lui donna son eau. Il la voulut dans un baquet.

Antoine m'a raconté :

— Je suis allé dans la cuisine et j'étais tout intri-gué. Je n'ai rien dit à ceux du Trièves qui mangeaient là ; je n'ai rien dit à la femme mais je l'ai regardé par un accroc du rideau. Il a bu à même la seille comme les bêtes. Puis il a tiré de sa poche trois pommes de pin, il les a dépouillées sur la table, il s'est mis à croquer les graines. Il les prenait à la pointe de ses ongles, il les broyait du bout des dents. De là où je le regardais, il semblait un gros écureuil.

Le repas de midi ça dura des heures parce qu'on avait préparé toutes les viandailles de la création.

D'abord on avait sorti le saucisson du pot à huile, et il était là, dans l'assiette, blanc et gras comme une grosse chenille. On avait mis à cuire le coq à l'étouffée, et les lapins au sang. On avait tué des chèvres. Ça sentait partout la viande écrasée et l'herbe morte. On avait bu des vins... Celui des côtes, celui des pierrailles, un de deux ans...

— Celui-là, que t'en dis?

— Collègue!...

Du vieux vin à la bouteille de fine, il n'y a qu'à étendre la main, même sans chandelle, et c'est là, tout de suite. On en faisait descendre. C'est là toute la fête chez nous. On se fourrait dans la bouche de grands morceaux de blanc de coq qui pendaient au bout des fourchettes comme des lambeaux d'écorce de frêne.

A la fin, dans les maisons, ça sentait toutes les odeurs, sauf les bonnes.

Il pouvait être dans les trois heures et demie quand l'homme, ayant fini son repas, se dressa. Il paya.

Antoine ne voulait pas de sous pour de l'eau. L'homme dit:

— Pour le coin de ta maison où je me suis assis.

Et il le força à prendre une pièce. Mais, comme il allait pour sortir, voilà toute l'équipe à Boniface qui arrive, et qui bouche la porte, et qui entre en se bousculant, avec des: « Salut, la compagnie! » parfumés au saucisson.

Dans cette équipe, il y a tout ce qui se fait de plus gros en fait de bûcheron.

L'homme essaya bien un peu de passer entre eux, puis il recula dans son coin d'ombre et tous les gros autres s'étant installés au beau milieu, il n'osa plus.

Il était, paraît-il, comme une bête prise au piège ; il tournait la tête de tous les côtés pour chercher à s'en aller. Son beau regard affolé suppliait.

Enfin, tout ça, c'est le dire d'Antoine et, peut-être, son souvenir est tout brumeux de ce qui a suivi.

Donc, l'homme se renfonça dans son coin, où il y avait de l'ombre, et le café recommença à s'emplir.

Moi, c'est à peu près à ce moment-là que je me levai de ma sieste, et je me souviens que mon premier travail fut d'aller à la lucarne du grenier pour voir le ciel. Le bleu s'était rétréci. En plus de ce qui était entassé sur Montama, et qui demeurait toujours immobile et sacrément dur, il y avait deux ou trois mauvais nuages qui pointaient au-dessus de la montagne pour voir ce que nous faisions.

— Ça passera pas le soir, je me dis.

Et de fait...

Enfin, pour moi, levé sur ces quatre heures de tantôt, il n'y avait qu'une chose à faire : aller chez Antoine, ou chez le « Centre », bien entendu, mais c'est la même chose.

Comme ça, je suis arrivé que c'était déjà commencé.

En approchant je me dis :

— On se dispute.

On entendait gueuler le Boniface.

J'entrai :

Ils étaient tous tournés vers le fond de la pièce ; vers une chose que l'ombre délivra un peu de temps après, et qui était l'homme. Il émergea de l'ombre comme d'une eau, je ne sais pas si ce fut l'effet du jour qui tournait autour du village et venait un peu d'aplomb ou si la force de cet homme rayonnait de

lui en délayant l'ombre, le fait est que je le vis, tout
à coup. Il était debout, très triste, accablé par une
grande pensée qui teignait ses yeux en noir. Sur son
épaule s'était posée une colombe des bois. Et c'est
à ces deux-là, à lui et à la colombe que le Boniface
tout perdu de vin en avait.

Il paraît que ça avait débuté drôlement. D'abord,
il faut dire : toute cette équipe de gros hommes, les
bûcherons de la taille 72, là-haut près du Garnezier
arrivaient tout droit des hauts bois après plus de cent
jours de campements solitaires. Ils venaient de vivre
plus de cent jours, je vous dis, avec comme compagnons le ciel et les pierres. La forêt, ça n'était pas
leur compagne : ils l'assassinaient. Ce qu'il faut
faire pour vivre quand même! Cette amitié qu'ils
étaient forcés d'avoir pour le grand ciel tout en acier,
pour l'air dur, pour cette terre froide comme de la
chair de mort, ça leur mettait au cœur le désir d'embrasser les arbres comme des hommes et voilà qu'ils
étaient là, au contraire, pour les tuer. Je vous explique
mal, que voulez-vous?... C'est un peu, sauf votre
respect, comme si vous qui aimez Berthe, je le sais,
et elle le mérite, on vous obligeait pour vivre, à la
tuer elle, et à faire des boudins avec son sang. Excusez-moi, c'est pour dire, mais vous comprenez maintenant.

Alors, pour en revenir à ces gars, ces choses conte-
nues de leur désir et de leur amour, ça se changeait
en méchancetés contre les gens et les bêtes. Ils
étaient là, avec leurs barbes comme de la mousse,
avec leurs gestes habitués à l'espace de l'air et qui
étaient plus larges que les nôtres. Le Boniface avait
apporté dans la poche de sa veste de velours cette

petite colombe des bois. Il s'était mis dans la tête, là-haut, de l'apprivoiser, et comme chaque fois qu'il la lâchait elle jaillissait dans la cabane, renversait la chandelle et volait comme une folle contre le mouchoir de la fenêtre, il lui avait cassé une épaule.

Oui.

Vous voyez ça?

C'était déjà pas mal ; et il avait fait ça à jeun, de son libre propos, avec ses grosses mains qui sont comme des feuilles de bardane. Oui, il avait serré l'oiseau gris dans sa grosse main et il avait tordu l'aile jusqu'à entendre craquer les os. Que voulez-vous?...

Donc, elle était là, la pauvre bestiole, toute estropiée, à traîner son aile comme un poids mort ; elle était là, avec cette chose morte qui lui pesait. Comme ça, il lui avait enlevé d'un seul coup tout le ciel, tout le bon d'aller dans le vent à la vitesse de l'air... Elle était là, à se traîner sur la table dans de la dégueulure de vin.

Lui, étalé sur sa chaise avec son ventre plein qui débordait du pantalon, il riait. Il riait et il regardait cette pauvre petite chose. Il avait appesanti sa force sur ça, et d'une bulle de plume il en avait fait cette petite pelote toute gauche, qui boitillait contre les verres, qui était là à se traîner en gémissant. Quand elle s'éloignait de lui, il la giflait d'un revers de main, et il la renvoyait comme une balle au milieu du vin répandu. Et alors l'oiseau essayait d'ouvrir ses ailes, et la plaie de son épaule se déchirait, et il avait alors un long cri pour se plaindre, et il restait longtemps le bec ouvert, tout tremblant et la tête éperdue.

Comme ça faisait trois fois, l'homme du fond dit :
— Laisse cette bête.

De saisissement d'entendre parler dans un coin

où il croyait qu'il n'y avait personne, ou bien d'autre chose, le Boniface se tourna. Et la colombe avait été touchée par cette voix, aussi. Et cette voix, ça avait dû être un peu d'espoir pour elle. Et, elle devait la connaître d'instinct, parce qu'aussitôt, il paraît, la voilà qui se ramasse, la voilà qui supprime son mal d'un coup de volonté, la voilà qui tend brusquement la voilure de ses plumes, et dans un roucoulis elle s'élance vers la voix. Elle était toute sale de vin. On l'entendait, là-bas, contre l'homme, elle râlait de joie et on entendait aussi l'homme. Il parlait à la colombe. Il lui parlait le langage des colombes et la colombe lui répondait de sa voix triste.

— Qui c'est, celui-là, demanda Boniface?

Le café était maintenant plein de monde, mais personne ne savait qui c'était, celui-là.

C'est à ce moment-là que j'entrai. C'est à ce moment-là, aussi, qu'un de ces nuages de tout à l'heure, bien blanc, tout massif comme un galet, passa au-dessus du village réfléchissant le soleil. Un jet de lumière éclata sur les vitres de la fenêtre. Le fond du café s'éclaira ; on vit l'homme.

— Fiche-nous la paix, toi, garçon, et rends-moi ma bête, dit Boniface en tendant sa main.

L'homme avait la colombe sur son épaule. Il se tourna vers elle et lui parla dans le langage des oiseaux. Il soupira. La large main de Boniface était toujours tendue de son côté.

— Allons...

— Je la garde, dit l'homme.

— Ça!... eut seulement le temps de dire Boniface tant il était comme écrasé par le sang-plan de l'homme, ça alors!... et il se dressa en faisant craquer la chaise. Il était dans notre salle à boire, debout comme un tronc de chêne.

Et il resta comme ça, parce que l'autre continuait, de sa petite voix tranquille. Cette voix, dès entendue, on ne pouvait plus bouger ni bras ni jambes. On se disait : « Mais, j'ai déjà entendu ça ? » et on avait la tête pleine d'arbres et d'oiseaux, et de pluie, et de vent, et du tressautement de la terre.

— Je la garde, disait l'homme. Elle est à moi. De quel droit, toi, tu l'as prise, et tu l'as tordue ? De quel droit, toi, le fort, le solide, tu as écrasé la bête grise ? Dis-moi ! Ça a du sang, ça, comme toi ; ça a le sang de la même couleur et ça a le droit au soleil et au vent, comme toi. Tu n'as pas plus de droit que la bête. On t'a donné la même chose à elle et à toi. T'en prends assez avec ton nez, t'en prends assez avec tes yeux. T'as dû en écraser des choses pour être si gros que ça... au milieu de la vie. T'as pas compris que, jusqu'à présent, c'était miracle que tu aies pu tuer et meurtrir et puis vivre, toi, quand même, avec la bouche pleine de sang, avec ce ventre plein de sang ? T'as pas compris que c'était miracle que tu aies pu digérer tout ce sang et toute cette douleur que tu as bus ? Et alors, pourquoi ?

On était tous comme des bûches mortes alignées au bord du chemin.

— Il est fou celui-là, dit Boniface.

— Non, il n'est pas fou, redit l'homme, c'est toi qui es fou. N'est-ce pas folie que de meurtrir ça, vois !

Il prit délicatement la colombe sur son épaule. Il avait des gestes doux, avec elle. Elle était là, dans ses mains à roucouler tout gentiment. Et il déploya la pauvre aile morte, et il la faisait voir à tous, ballante, sans vie, comme une chose retranchée du monde. Et nous, nous avons fait alors : Oh! Oh! tous ensemble. Et ça n'était pas à la gloire de Boniface.

— Encore une fois, qu'il fait le gros, tu me la rends, ma bête?

— Je t'ai dit : non. Je la garde. Tu t'en sers trop mal.

Alors on les regarda, parce que, Boniface, on le connaît. C'est pas un trop mauvais garçon, mais quand on le bute, quand on y va trop par le revers, ma foi, il n'est pas le dernier à sortir ses poings. Et on pensait : il est allé un peu fort, l'étranger.

Antoine parut sur le seuil de la cuisine.

La salle à boire n'est pas très grande ; d'un pas, Boniface pouvait être au fond. Il fit ce pas, il dressa son bras qui était comme une branche maîtresse, son poing au bout comme une courge...

Et il resta, comme ça, le bras en l'air.

L'homme avait replacé la colombe sur son épaule. Il avait eu pour elle un petit murmure, comme pour lui dire : n'aie pas peur, reste là. Et il avait tourné vers nous sa face de chèvre avec ses deux grands yeux tristes allumés. Il resta un moment à réfléchir, l'œil sur nous. Puis il se décida.

— Autant dire qu'il faut vous enseigner encore un coup la leçon, fit-il. Peut-être que dans le mélange vous retrouverez la clarté du cœur.

Il pointa lentement son index vers Antoine et il lui dit :

— Va chercher ton accordéon.

Comme ça.

Et c'était, autour, le grand silence de tous, sauf dehors, où la fête continuait à mugir comme une grosse vache. Et, pour moi qui étais là, je peux vous dire, c'était exactement comme si j'avais eu la bouche pleine de ciment en train de durcir, et pour les autres, ça devait être pareil, et pour Boniface aussi. Personne ne fit un geste, même pas des lèvres. Il y avait sur nous tout le poids de la terre.

On entendait au-dessus du café le pas d'Antoine qui allait chercher son accordéon dans sa chambre, puis ce fut son pas dans l'escalier, puis le voilà.

Il était là, avec l'instrument entre ses mains. Il était prêt. Il attendait le commandement.

— Joue, lui dit l'homme.

Alors il commença à jouer. Alors, ceux qui étaient près de la porte virent arriver les nuages.

Le gros Boniface laissa retomber lentement son bras. Et en ce même moment il levait la jambe, doucement dans la cadence et l'harmonie de la musique qui était plus douce qu'un vent de mai. Pourtant ce que l'Antoine était en train de jouer c'était toujours la chose habituelle : le « Mio dolce amore » et sa salade de chansons qu'il inventait ; mais ça avait pris une allure...

Puis, Boniface leva l'autre jambe, et il arrondit ses bras, et il se dandina de la hanche, puis il bougea les épaules, puis sa barbe se mit à flotter dans le mouvement. Il dansait.

Il dansait là, en face de l'homme qui ne le quittait pas des yeux. Il dansait comme en luttant, contre son gré, à gestes encore gluants. C'était comme la naissance du danser. Puis, petit à petit, toute sa mécanique d'os et de muscles huilée de musique prit sa vitesse, et il se mit à tressauter en éperdu en soufflant des han, han, profonds. Ses pieds battaient le plancher de bois, il se levait sous ses pieds une poussière qui fumait jusqu'à la hauteur de ses genoux.

On était là, comme écrasés, à regarder. Pour moi, je n'étais plus le maître ni de mes bras, ni de mes jambes, ni de tout mon corps, sauf de ma tête. Elle, elle était libre ; elle avait tout loisir de voir monter l'ombre de l'orage, d'entendre siffler le vent du malheur. Pour les autres, je crois, c'était la même chose. Je me souviens. On avait été tous empaquetés ensemble par la même force. Le plus terrible, c'était cette tête toute libre, et qui se rendait compte de tout.

D'un coup, du moment où l'homme était devenu le chef, nous avions tous eu le regard tiré vers lui, et nous ne pouvions plus l'en détacher. Il avait une maigre barbe en herbe sèche, longue, et toute emmêlée. Dessous on voyait qu'il n'avait presque pas de menton. Il avait un long nez droit et large, et un peu plat en dessus. Il lui partait du milieu du front et descendait jusqu'à sa bouche. Sa belle lèvre était charnue comme un fruit pelé. Il avait de beaux yeux ovales, pleins de couleur jusqu'au ras des cils, sans une tache de blanc mais huileux comme les yeux des chèvres qui rêvent. Il en coulait des regards qui étaient des ruisseaux de pitié et de douleur.

Maintenant le Boniface sautait comme un arbre en proie au vent. Et tous, on débordait du désir d'être avec lui, hanche à hanche. On attendait l'ordre.

Il vint dans un de ces regards qui passa sur nous comme un pinceau, et chacun prit sa forme. Il alla d'abord sur André Bellin, de l'équipe, et, dès touché, le voilà levé et parti en danse. Puis sur le Jacques Regotaz, puis sur le Jean Moulin, puis sur le Polyte des Coriardes qui depuis le début répétait à voix basse :

— Voilà, voilà, voilà...

... sans qu'on sache pourquoi. Puis sur les deux du Trièves, puis sur un des Oches, puis sur l'Amélie, la serveuse. Puis, à ce moment-là il éclata un coup de tonnerre comme un écrasement, et le regard vint sur moi, je fus touché comme par une balle de fusil, et envoyé en pleine danse sans savoir. Et puis les autres, et puis les autres...

Ça virait, ça tournait.

On avait de la poussière jusqu'au ventre, et la sueur coulait de nous comme de la pluie, et c'était sur le parquet de bois un tonnerre de pieds, et on entendait les han, han, du gros Boniface, et les tables qui se cassaient, et les chaises qu'on écrasait, et le verre des verres et des bouteilles qu'on broyait sous les gros souliers avec le bruit que font les porcs en mangeant les pois chiches et il y avait une épaisse odeur d'absinthe et de sirop qui nous serrait la tête comme dans des tenailles.

A dire vrai, dans tout ça, l'Antoine n'était pas pour grand'chose. Au milieu de tout ce vacarme, on n'entendait plus sa musique. Elle était perdue, dans tout ça. On le voyait seulement, au hasard des virevoltes, qui brassait son instrument avec la rage qu'on mettait, nous autres, à danser. Ça n'était donc pas la musique qui nous ensorcelait, mais une chose terrible qui était entrée dans notre cœur en même temps que les regards tristes de l'homme. C'était plus fort que nous. On avait l'air de se souvenir d'anciens gestes, de vieux gestes qu'au bout de la chaîne des hommes, les premiers hommes avaient faits.

Ça avait ouvert dans notre poitrine comme une trappe de cave et il en était sorti toutes les forces noires de la création. Et alors, comme maintenant on était trop petit pour ça, ça agitait notre sac de peau comme des chats enfermés dans un sac de toile. C'est raconté à ma manière, mais je n'en sais pas plus ; et puis, c'est déjà bien beau de pouvoir vous le dire comme ça, tiré du mitan de cette chamade.

La colombe s'était posée sur l'épaule de l'homme. Elle caressait du bec son aile malade.

On dansait, comme ça, depuis, qui sait ? On ne sait pas.

Et, tout d'un coup, je sentis monter au fond de moi comme une fureur ; l'abomination des abominations.

L'homme s'avança vers nous. On lui laissa le passage. Il alla à la porte, il écarta le rideau, et il sortit. Alors, comme un bœuf qu'on tire par le front, Antoine se dressa et le suivit. Et nous, on se mit à avoir le désir de suivre aussi et, l'un après l'autre, la danse nous lança dehors, dans le village, comme des graines. Le jour était couleur de soufre. Il cuisait sous le couvercle d'un gros orage. L'horloge sonna six heures du soir.

L'homme était assis sur la margelle de notre fontaine. Avec sa main il prenait de l'eau dans le bassin, et il faisait boire la colombe.

Mais, la fête !

Depuis les écoles jusqu'à l'Arbre de la Liberté la rue était pleine de gens ivres de notre ivresse. Ça tournait, ça fluait, ça battait les murs comme les remous d'une eau. C'était comme une eau d'hommes, de femmes et d'enfants mélangés, et ça dansait jusqu'à la perdition des forces. On avait, là, au nœud des hanches et au nœud des épaules, comme une main qui s'appuyait et qui forçait. De temps en temps, une porte s'ouvrait, une maison lâchait dans la danse sa ménagère avec encore la cuillère à pot dans la main ou la bûchette pour garnir le poêle ; ou bien une fille qui venait d'être arrachée à sa toilette, en jupon par le bas et en chemise par le haut et qui tournait tout de suite au milieu de nous, en levant ses bras, en montrant les grosses touffes de poils roux de dessous ses bras. Il vint comme ça la Thérèse et le fils Balarue, mariés de la veille au soir et qui ne s'étaient même pas levés depuis. Oui, ces deux-là arrivèrent nus et déjà tout suants avec la chair mise à vif par leurs caresses. Et ça entrait dans la pâte que l'homme pétrissait par la seule puissance de ses yeux, et ça entrait dans la pâte du grand pain de malheur qu'il était en train de pétrir.

Maintenant, tout le village était dans la transe. Il n'y avait plus de tables, plus de tréteaux, plus de bouteilles. La baraque aux berlingots, arrachée de ses pieux, avait flotté un moment sur nos têtes avec sa toile dressée comme une voile de barque ; puis elle était tombée sous nos pieds. On dansait parfois dans de la pâte à berlingots, et c'était dur à lever les pieds, alors. On dansait dans du vin, dans de la bière, dans de la pisse qu'on laissait aller, tout droit, sans réfléchir, dans le pantalon ou dans la jupe. Des fois, je passais à côté de Boniface et j'entendais ses han, han, d'autres fois j'étais du côté de Polyte qui répétait toujours : Voilà, voilà ; et d'autres fois, j'étais avec des filles qui avaient les cuisses en sang, et j'avais les oreilles souffletées par leurs gémissements d'herbes perdues.

Un large éclair voleta sur nos têtes comme un oiseau.

Alors la porte des écuries éclata. Il se rua sur nous les mulets et les chevaux, et les poulains, et les ânes entiers qui étaient tous en chaleur.

Alors, les poulaillers s'ouvrirent comme les noix, et on recevait dans les figures des poules et des coqs fous qui se cramponnaient de leurs ongles dans la peau de nos joues, des pigeons qui tombaient sur nous comme de la neige, et l'air bouillait de toute cette oisellerie. Du fond de la vallée, toutes les hirondelles qui s'étaient amassées durant les jours d'avant en vue du départ, du fond de la vallée toutes les hirondelles jaillirent des saules et des buissons, et des prés chauds. C'était dans le ciel comme un grand fleuve du ciel. Il tourna un moment puis il se vida sur nous, et ce fut une pluie d'hirondelles, et on ruisselait d'hirondelles, on en était plein, on en était lourd, on en était inondé et écrasé comme sous une chute d'eau.

Alors, toute la verdure de la montagne se mit aussi à bouillir comme une soupe. Tout ce que la forêt avait de bêtes se mit à suer d'entre les arbres et les herbes. Ça dévalait sur les pentes comme un éboulement, comme un écroulement de boue. C'était serré, ventre à ventre, dos à dos, le poil contre le poil, le poil contre l'écaille. Il y avait les blaireaux, les renards, les sangliers, un vieux loup, les écureuils, les rats d'arbre, les couleuvres qui semblaient des branches vivantes, les poignées de vipères et de vipereaux. Il y avait les aigles et les gélines, et les perdrix, et les grives vétéranes. Il y avait une hase, je me souviens, qui bondissait, toute seule, au bord, dans l'herbe ; et chaque fois qu'elle sautait, on voyait un petit levraut, gros comme le poing, pendu à une de ses tétines, et qui ne lâchait pas le morceau. Il y avait un vieux cerf, noble et dur d'œil comme un monsieur et qui était couvert de lichen parce qu'il habitait les hauts parages du Durbonas.

Il y avait, qui voletaient au-dessus de cette masse de bêtes, les chauves-souris des abîmes. Et elles volaient par bonds, en déployant leur grande peau velue et elles avaient des jambes à déclic, comme les sauterelles. Elles retombaient et on les entendait crier avec des voix de jeunes femmes. Il y avait les lourds corbeaux comme chargés de nuit et qui nageaient dessous l'orage.

En entrant dans le village le loup se coucha contre la porte du Café du Centre. Avec son épaisse langue rouge il léchait ses pattes blessées par les épines.

Je les vis arriver.

Il vint aussitôt la pluie et la nuit. La pluie, dure et serrée à croire que c'étaient des blocs de ciel qui tombaient sur nous. La nuit, et alors, cette abomination qui me remplissait éclata autour de moi comme un soleil.

J'ai dansé, cette nuit-là, avec la jument de François, et j'ai embrassé sa bouche aux dents jaunes, et, à vous en parler, j'ai encore un goût de foin mâché sur la langue. J'ai vu les hommes qui venaient aux bêtes avec des mains tendues. J'ai senti qu'on me touchait. J'ai envoyé la main. J'ai senti du poil, j'ai compris que c'était le cerf. Lui, il a vu que j'étais un homme ; il s'est tourné vers ma gauche, et là c'était Rosine, la fille du garde forestier.

Et voilà que du côté des Oches, la terre était blanche de moutons et les gros béliers étaient en tête, et toute cette laine éclairait la nuit comme la lumière de la lune.

Alors il est venu un bel éclair qui est resté suspendu dans le ciel comme une lampe.

*

On se réveilla, au matin, dans un village qui suintait toutes sortes de jus, et qui puait comme un melon pourri. J'étais vautré dans du crottin de cheval ; il y avait, un peu plus loin, la grosse Amélie, comme morte, la jupe en l'air, le linge arraché, et qui montrait tout son avoir.

Mais on ne connut tout notre malheur que plus tard. Déjà on savait que l'Anaïs avait sur elle une odeur qui ne voulait pas partir, et qui la rendait folle. La jument de François creva d'un mal nouveau. Ça la tenait dans le ventre ; on le lui ouvrit, pour voir. Elle y avait comme une grosse motte de sang toute vivante et qu'on étouffa sous le fumier. Enfin, la Rosine accoucha. Ce qu'elle fit, on alla le noyer, de nuit, dans le torrent, et la sage-femme d'Aspres resta plus de six mois malade. « J'ai toujours ça devant les yeux », elle disait.

L'homme s'en était allé vers la Provence. Il y est entré par la route du nord, par le couloir de Sisteron. On le sut d'un valet qui vint se louer aux Chauvines. A peu près à l'époque, il gardait les moutons du côté de Ribiers. Un matin, il était couché dans les herbes, il entendit un petit ramage dans la troupaille. Il dressa la tête. Il vit près des barrières un homme qui avait un oiseau sur l'épaule. L'homme parlait aux moutons avec une voix de mouton.

— Moi, nous dit-il, quand j'ai vu ça, je me suis recouché sous mon manteau et je n'ai plus bougé.

Oui, l'homme est entré en Provence, et l'amon-
cellement des nuages le suivait. Puis, là-bas aussi
le temps est revenu vers le clair. Mais, j'ai un cousin qui habite la montage de Lure, et qui m'a
dit...

Champs

Souvent, je m'arrêtais devant ce courtil sauvage. C'était dans le pli le plus silencieux des collines.

Le toit pointu du bastidon dépassait à peine les broussailles. Un immense lierre noir, ayant crevé la porte, gonflait entre les murs ses muscles têtus. Sa chevelure pleine de lézards débordait des fenêtres. Le jas était d'orties sèches et de chardons couvert. Autour, s'ébouriffait le poil fauve de la garrigue et la forte odeur de cette terre hostile, qui vit seule, libre, comme une bête aux dents cruelles.

Soupirs sourds, vêture, couleur des jets nerveux de l'herbe, toute la colline chantait l'âpre harmonie du désespoir ; il me semblait, chaque fois, qu'il en allait soudain jaillir le beuglement terrible d'un dieu.

Les pluies de saison m'obligèrent à rester dans les aimables olivettes du bord de ville ; je profitai d'un jour de beau temps pour m'enfoncer dans le ciel des collines.

Le bastidon était maintenant net. Le lierre, mort ; ses tronçons brûlaient lentement sur un bûcher de ginestre. Aux claquements secs d'un sécateur, je tournai la tête : l'homme taillait le laurier.

Je l'appelai et demandai de l'eau.

— Mon bon monsieur, je ne puis guère vous donner d'eau ; j'en ai à peine un doigt, là-haut, dans la citerne abandonnée que j'ai ouverte, et encore, épaisse, verte et qui ne vous agréerait pas. Mais s'il vous plaît passer cette baragne de ronces et vous poser une briguette, j'irai vous quérir un raisin.

Sa bouche, on l'aurait dite fleurie d'un brin d'hysope qu'il mâchait.

L'homme était fait pour cette terre.

Il avait seulement les yeux dorés, très doux, et une grande barbe qui moussait en bulles noires ; le petit poirier agonisant au milieu des broussailles avait encore deux feuilles de la couleur de ces yeux.

Je revins maintes fois le voir.

A coups de bêche et aidé du vieux feu, il avait repoussé la garrigue jusqu'à l'autre bord du val. La terre déblayée était désormais prête à recevoir la semence d'amour. Il semblait que sur cette place nette, il avait, avec ses pieds lourds, dansé la longue danse de l'ordre.

Au printemps, il y eut une dernière lutte entre l'homme et la garrigue. Elle avait sournoisement préparé son attaque par de lentes infiltrations de radicelles et des volées de graines blondes. Un matin, il trouva sa terre couverte d'asparagus insolents, noueux et lustrés, il comprit qu'il s'agissait de régler le compte une fois pour toutes. La bataille dura tout le jour malgré la chaleur précoce. Il faisait déjà nuit quand il se redressa et essuya son front. Il était désormais le vainqueur. Et je connus, le lendemain, qu'il avait eu sur la sauvage lande, une victoire qu'il voulait définitive en voyant de quelle féroce façon il avait décimé les jeunes chênes et poussé les vagues du feu jusque dans le cœur épineux du bois.

Le ciel dur, la colline, l'étouffant soleil étaient d'une cruauté inouïe ; il me dit :

— Aujourd'hui, je n'ai pas envie de travailler, je ne me sens pas bien, restez un peu avec moi ; attendez le soir.

C'était la première fois qu'il désirait ma présence. Puis, sans transition :

— Je suis des Alpes : Saint-Auban-d'Oze. Un beau pays ! Au fond de la vallée, la route est allongée entre deux allées de peupliers. Le dimanche, il y passe des filles qui vont au bal, en bicyclette, avec le guidon chargé de dahlias rouges et jaunes. La nuit, nous dormons dans la grande voix du torrent.

Ma maison est la dernière du village, du côté de Gap. Elle est paisible ; il n'y a pas de cabaret en face. Mais la procession des pénitents bleus ne vient jamais jusque-là, les jours de fête ; quand on danse sous le noyer de la place on n'entend pas la musique, et alors, elle est peut-être trop paisible.

Ce que je vous dis là, je l'ai compris après l'histoire. Mais, asseyons-nous sous le laurier.

En été, j'attelais le mulet et nous allions à « la terre ». Un petit morceau en pointe et trois saules. Vous ne pouvez pas savoir : il n'y a rien de plus beau au monde que les peupliers de là-haut dans le soleil du matin et le vent. J'étais assis devant la charrette, ma femme derrière. Quand je me tournais vers elle, elle « me riait ».

En arrivant, je coupais des roseaux secs et nous faisions un lit pour la Guitte, je ne vous ai pas dit : une belle petite que nous avions, grasse, rose, avec des cuisses...

Il s'arrêta.

— Quand on est si heureux, on devrait se méfier ; seulement, voilà, on ne s'en aperçoit jamais sur le moment.

J'avais mes soucis, comme tout le monde, mais je n'étais pas de gros désir. Je possédais quelques écus de côté au « Crédit ». Je voulais acheter un tilbury, une idée à moi. A force de voir ma femme branler sur un mauvais tape-cul, j'avais pris l'envie de l'installer sur les coussins d'une voiture un peu plus pomponnée. Ça non plus, ce n'était pas un gros désir.

Vint l'année où le torrent enfla. Il mangea pas mal de terre et la « commune » eut l'idée de faire construire une digue contre la plus forte branche des eaux.

Ce fut un entrepreneur de Couni qui eut l'adju-
dication, il amena ses maçons piémontais.

Saint-Auban n'est pas un gros village : vingt
maisons perdues dans les châtaigniers. Il y passe un
voyageur tous les dix ans. Il n'y a pas d'auberge.

Cette idée du tilbury me tenait. Je dis à la femme:
— Si nous prenions un pensionnaire? Où deux
mangent mangeront trois. Un peu plus de choux
dans la soupe...
Elle voulut.
Celui qui vint se présenter était un nommé Djouanin du Canavèse. Un grand, comme tous ceux qui
viennent du « de là ». Il portait de larges braies
bleues, des chemises de couleur et un feutre à grands
bords planté de biais sur ses cheveux frisés.

Je l'avais rencontré quelquefois au bureau de
tabac. Il me plaisait. Il ne se saoulait pas. Quand il
riait on sentait qu'on allait bientôt rire avec lui.
Il marchait lentement comme si ses espadrilles
avaient été très lourdes. Au village, on l'appelait :
le préfet. Je vous explique mal, mais, je ne pourrais
même pas vous dire la couleur de ses yeux (ça a
pourtant duré six mois). Près de lui, j'étais heureux ;
je n'ai jamais su pourquoi.

Il payait tous les samedis, recta. Une fois il avait
dit :

— Patron, j'ai mis quarante sous de plus dans le compte, vous achèterez un fichu à la bourgeoise ; elle fait de la bonne soupe.

Pour le 4 de juin, nous fêtions l'anniversaire de la petite. J'avais attendu le colporteur sur la route et acheté un bavolet avec des rubans bleus. Elle était brune. Djouanin arrive avec un hochet d'os, une boîte de dragées et une bouteille de vin cacheté.

Ce fut de ce soir-là que je commençai à souffrir.

Il regarda le soleil, puis l'arête ouest de la colline :
— C'est votre heure, dit-il, si vous voulez arriver avant la nuit.

Deux jours après, je vis que le grand roncier avait jeté sur la terre nette une épaisse tentacule aux feuillages écailleux. Je pensais le trouver la main à la bêche. Il était assis sous le laurier.
— Je vous attendais !
Et, avec la même brusquerie qu'au jour passé, il continua son récit. Il y avait une grande brèche en lui, par laquelle les souvenirs coulaient.
— ...La Guitte n'avait pas voulu dormir. Assise sur sa chaise haute elle s'amusait à taper sur la table avec sa cuiller. Nous avions bu une bouteille. La femme dit :
— Djouanin, chantez-nous un peu la chanson de l'alouette. Puis, comme il se dressait : « Attendez qu'on vous voie. » Et elle releva l'abat-jour de son côté...

C'était une chanson piémontaise. Sa voix me donnait la chair de poule ; la petite restait tranquille.

Je vous disais, l'autre jour, que je ne connaissais pas la couleur de ses yeux ; c'est vrai. Même cette fois-là, je le regardais sans le voir. J'étais dans l'ombre. Je pensais : « On dirait que tu es effacé de cette chambre. » Il n'y avait vraiment que Djouanin debout dans la lumière, la femme qui le buvait des yeux et mon bébé tout saisi tenant en l'air sa petite cuiller.

Vous n'avez jamais reçu de coups de couteau ? Excusez-moi. Je vous demande, pour pouvoir vous expliquer ce que j'ai ressenti ce matin où, la charrette allant à l'accoutumée le long des peupliers, je me tournai vers ma femme et la vis, rêveuse, qui fixait le haut des montagnes en chantonnant la chanson de l'alouette.

Sur le coup, pas de douleur. Je sentais seulement quelque chose qui s'en allait de moi, laissant un grand froid à sa place. La souffrance vint durant l'après-midi.

En entrant à la maison, j'allai droit à la chambre et j'ouvris le tiroir de la commode. La boîte de dragées était là. Sur le couvercle, il y avait le nom d'un confiseur de Gap, et, dans la boîte, la femme avait mis ses petits mouchoirs du dimanche et un épi de lavande...

Mais, sous les mouchoirs, était une rose blanche en train de sécher, et je connaissais dans le pays qu'un seul rosier blanc : à la villa d'Oze, près du chantier de Djouanin.

Oh ! J'étais devenu très sensible. Un des mes grands-pères, aveugle, taillait quand même sa vigne.

Rien qu'au toucher, il distinguait le bourgeon-feuille du bourgeon-fruit.

Dans l'après-midi, m'était venue l'idée que cette boîte venait de Gap, et les bouteilles, et le hochet d'os. Comment avait-il su que ce soir-là nous allions fêter la Guitte? Et surtout, quelques jours avant? Car il y a un bon bout de route de Saint-Auban à Gap.

Puis, les quarante sous pour le fichu? Et tant d'autres choses qu'on ne peut pas dire mais qu'un mari connaît bien.

Le dimanche, la femme s'asseyait devant la porte avec les voisines. Près d'elles, j'affutais ma faux ou tressais des paniers. Djouanin jouait aux boules.

« Le préfet! »

Il avait défié les plus forts, et des cris, et des « porca madona! » mais il gagnait. Quand la partie était aux dernières « mènes » il jetait le but vers nous pour se rapprocher.

Il se trouvait toujours du côté où les abat-jour étaient relevés.

J'avais encore la Guitte pour moi. Chez nous, on dit que les filles c'est fait avec le sang du père. J'avais besoin de sourires. La pauvre me les donnait.

J'irai vite. De cette souffrance-là, je ne suis pas encore guéri. Il sut trouver les jeux et les chatouilles qu'il fallait. La petite tendait les mains vers lui et pleurait quand je voulais la retenir dans mes bras. Je ne lui garde pas rancune : c'est si petit.

Je pensais souvent à ce moment où, de mon ombre, je l'avais vu, lui seul, en pleine lumière, dans ma propre maison.

Les premiers froids arrivés, j'allai seul à la terre. Seul tout le long jour, vous comprenez?

Un soir, au moment de passer le seuil, je les entendis parler. On aurait dit que ces voix riaient d'elles-mêmes. Je savais! En entrant, tu vas les trouver tranquilles : elle à cuisiner, lui sur sa chaise, car c'est l'heure où tu dois arriver.
Je retirai doucement mon pied de dessus la pierre, posai ma bêche et je pris la route de Gap.
J'ai marché pendant longtemps d'un bon pas et je ne me souviens que du bruit que faisaient les feuilles mortes autour de moi.

A l'aube, j'attendis au bord du chemin la voiture du courrier. A huit heures, j'étais à Gap. J'entrai au « Crédit ». Il y avait cinq cents francs sous mon nom ; j'en pris deux cents et je dis au caissier : « Le reste, ma femme viendra le chercher. » Il me fit signer une autorisation. Je demandai si on ne pouvait pas lui écrire qu'il y avait cet argent pour elle. Il me promit de faire le nécessaire. Cela me soulagea. Les récoltes, vous savez, sont difficiles à vendre et, si on n'a pas un peu de sous pour l'hiver...

Un train partait à onze heures ; j'étais au guichet de la gare derrière un voyageur de commerce, un rigolo qui demanda un billet pour Aix : 14,55 F. Je pris un billet pour Aix aussi. C'était plus facile, je connaissais le prix, n'est-ce pas ?

Je vous assure, pendant tout le voyage je n'ai pensé à rien. Je regardais par la portière, j'écoutais le nom des gares, de drôles de noms que vous avez par ici : Oraison, Villeneuve, Volx. Après Volx, on passe devant une barrière de collines. A un certain endroit s'ouvre l'étroite fente d'un vallon noir de pins. Il me prit envie de me coucher là, tout seul.

Je descendis à la gare suivante, mais je ne sus pas retrouver cette vallée aperçue du train. Je montai dans la colline et j'arrivai ici.

Alors, il m'a semblé que, si je voulais vivre, je devais déblayer tout ça.

Il montrait les vagues immobiles de la garrigue, de l'autre côté de sa terre propre ; et je voyais surtout la grande tentacule écailleuse que le roncier avait jetée. Elle paraissait avoir encore un peu rampé à travers les mottes.

Il me dit, un autre jour :

— Donnez-moi un peu de tabac.

Le grand roncier était tout de son long étalé
sur le carré des oignons. Une clématite enhardie
dardait vers le poirier une flèche verte que le vent
faisait trembler.

Je lui laissai tout le paquet.

Et, quand je revins, après une semaine, la porte
était close. La garrigue remuait doucement, comme
une énorme bête qui s'ébranle. Ses violiers, sur le
seuil, mouraient. Deux ou trois iris, de ceux qui
s'habituent assez bien à la vie sauvage, fleurissaient,
malgré la sourde hostilité du bois.

Un matin, près de la poste, j'attendis le facteur de la campagne, celui qui desservait son
quartier.

— Je me souviens, répondit-il, il y a trois se-
maines (c'était à peu près l'époque où l'homme
avait commencé sa confidence) il me donna une
lettre recommandée pour l'Italie ; même je ne
connaissais pas le tarif. Après, il venait tous les
jours à ma rencontre pour chercher la réponse. Il
avait promis de me donner des timbres ; mon petit
fait la collection. La réponse n'est pas venue. Je ne
l'ai plus revu depuis.

Sa terre, maintenant, disparaît sous la bave du
bois : un fouillis de chardons et de lianes. Le poirier
n'est plus qu'un tronc mort qui porte la lourde
clématite ébouriffée.

Est-il retourné vivant vers la douleur, l'âme envahie d'épines? Ou bien est-il couché, os épars, sous la sauvage frondaison, ayant fait jaillir de sa chair humide cette grande euphorbe laiteuse et âcre?

Ivan Ivanovitch Kossiakoff

— Faites passer : « Giono au capitaine. »

La nuit. La pluie. Toute la compagnie patauge, montant vers les positions de réserve, de l'autre côté du canal.

— Faites passer : « Giono au capitaine. »

Je m'arrache péniblement du rang où l'effort mécanique était moins douloureux. J'entends au passage Maroi qui rouspète.

— C'est encore la gueule en biais qu'aura la fine gâche, là-haut.

En tête de la colonne quelqu'un grommelle dans l'ombre devant moi. C'est le cycliste. Il est à pied.

— Le capitaine ?

— Là-bas.

Il montre la pluie, la nuit.

— C'est toi qui faisais la liaison avec les Anglais au bois des zouaves ?

— Oui, mon capitaine.

— Bon, tu iras au fort de la Pompelle avec les Russes pour la signalisation.

— Je ne sais pas le russe, mon capitaine.

— Ça peut foutre?... Au canal on te dira.

(Je me demande s'il veut parler du chemin à suivre ou d'une méthode pour apprendre le russe en cinq minutes.)

— Bien mon capitaine.

— Gunz te relèvera tous les huit jours.

Le boyau, m'a-t-on dit, monte droit. Il pleut toujours. Pas de fusée. Pas de bruit. Secteur calme.

Un petit bois de sapins ébranchés. Un obus a éventré la tranchée. Je me hâte, le sac pèse, le fusil s'accroche. Je vais peut-être aller loin comme ça.

Enfin le fort, des escaliers de terre, puis le fossé. Je respire. Je marche dans de l'herbe gonflée d'eau. Un mince rai de lumière décèle la porte. Je n'ai pas vu de sentinelles, heureusement ; qu'aurais-je dit ?

Mais, le vantail poussé, en voici une. Longue capote, calot ; elle est sans arme — ça va — elle me fait signe de m'arrêter.

— Camarade Rousky, Franzous (c'est tout ce que je sais de russe).

L'homme se tourne vers le fond du couloir éclairé par une lampe tempête et baragouine. Il y a là-bas un escalier qui ne déparerait pas le manoir de Lady Macbeth. Des pas au-dessus de nous. Je fais un geste pour déboucler mon sac ; j'ai les épaules sciées. Le bras étendu de la sentinelle m'arrête.

— Moi, ici, rester, signalisation.

Il ne comprend pas (ça va être gai). On descend l'escalier.

Celui qui arrive est un petit homme jeune et gras. Figure rose comme un visage de femme, lèvres bien dessinées. Il a une blouse grise tirée correctement et le ceinturon serré à la taille.

— Qu'est-ce qu'il y a? dit-il.

(Ah, un copain, il parle français.)

Mais la sentinelle rectifie la position, salue et parle. Ce doit être un officier.

Enfin :

— Que venez-vous faire ici?

— 6e compagnie du 140, pour la signalisation optique, mon... (qu'est-ce que c'est au juste cet officier. Il n'a pas de galons).

— Ah! La liaison des Français en réserve, très bien, très bien, je suis prévenu. C'est moi qui vous ai demandé. Vous connaissez le morse?

— Oui, Monsieur.

(C'est sorti tout seul, sans réflexion.)

Et il ne rit pas, cela lui paraît naturel.

— Suivez-moi. Laissez votre sac, on vous le portera.

La sentinelle s'efface. Nous montons l'escalier Macbeth. Un couloir étroit et noir. Je suis. Une porte d'acier, lourde et qui grince, puis une bouffée d'air suffocant. Ici c'est éclairé à l'électricité. Dans le sous-sol le groupe électrogène bat comme un cœur. Après deux détours — (j'aurai dû prendre mon sac, on va me barboter mon rasoir) — le grognement d'un accordéon nous salue. L'homme-femme ouvre une casemate. D'abord fumée de tabac et accordéon — du plafond pend une lampe à huile rudimentaire — puis, silence et, au milieu du nuage bleu une petite silhouette se dresse et une énorme, large, haute.

— Entrez, me dit mon guide.

Il me présente.

— Vos deux camarades : Vassili Borrissenko

(le musicien : maigriot, moustache chinoise en poil
de chat), puis le doigt tendu vers la haute ombre :
Ivan Ivanovitch Kossiakoff.

Bracelet-montre, trois heures du matin : je suis
arrivé au fort à onze heures. Dix fois le maigre a
recommencé sur son accordéon la même mélopée.
La tête dodelinante il chantonne : *Vagonitika, soldati,
garanochispiat*. Va-t-il me laisser dormir ?

— Voilà votre lit, a dit l'homme-femme.

Il aurait dû prévenir Vassili que je ne dors pas en
musique.

— La ferme, Vaseline, y en a marre.

Il me regarde, et il continue. Il n'est pas beau,
Vassili.

Je somnole. Musique. Amorce de rêve : la moustache de chat. Je marche dans un immense accordéon.
Une lueur verte : l'œil de Vassili. Douleur au côté
droit : le fer du lit. Je me retourne. Musique. Une
goutte de sommeil. Lambeau de rêve : « C'est encore
la gueule en biais qu'aura la fine gâche. » La sentinelle a dû barboter mon rasoir. Beuglement de
l'accordéon : *Vagonitika*...

Ah ! l'épouvantable nuit.

Puis la paix — c'est un matin très doux dans la
badassière. Les amandiers sont fleuris et mon pied
se prend dans une racine de chiendent. Je tire. Elle
résiste. Je tire. Le ciel noircit. Je tire. Ma tête
bourdonne...

La casemate, le lumignon, mais plus de musique.
Vassili est couché et le colosse tire ma jambe pour
me réveiller.

— Eh là ? qu'est-ce qu'il y a ?

Bracelet-montre. Il est sept heures du matin. Déjà.
Kossiakoff montre ma lanterne de signalisation
puis la porte et il parle.

— Je ne comprends pas, mon vieux. Oui, la liaison.
On y va.

Je me lève.

Ça a l'air d'un bon gars, Kossiakoff. On a taillé
ses traits à coups de serpe dans un vieil ormeau.
Mais il a un large sourire qui illumine tout son visage.
Il parle, il parle.

(Comment dit-on je ne comprends pas, en russe?
L'homme-femme me l'a expliqué, hier soir; es-
sayons.)

— *Ne po ni maïo ?*

Ça y est, le flux de paroles s'arrête et Kossiakoff
est ébahi.

— Oui mon vieux, rien à faire.

Il a un geste pour me dire : « moi non plus » puis
un grand rire silencieux : « ça ne fait rien ». Nous
sortons.

Le poste de signalisation est une petite cagna
étroite avec des hublots carrés. Kossiakoff s'installe.
La lucarne qu'il m'a laissée encadre un morceau
de brume sale; au fond, à peine estompés, des
fantômes d'arbres, le canal. Je ne sais pas où braquer
ma lanterne. Du doigt Kossiakoff m'indique une
branche d'arbre piquée en terre, devant moi.

— Le repérage.

A tout hasard je passe dans cette direction un
long trait de lumière... Miracle. On répond. Un
petit éclair rouge sous les arbres. Un dialogue silencieux s'engage :

— Artillerie ?

— Oui. Liaison sept heures matin ; heures soir,
code ordinaire.

— Compris... Rien à signaler.
— Compris... Fin de transmission.
Et voilà. Ça va. Je suis très fier. Kossiakoff rit.

. . . .

J'ai fait un somme lourd dans la baraque. Ouvrant les yeux je trouve Kossiakoff dans un coin : les jambes pliées, la tête sur les genoux. Il me regarde. Il m'a laissé toute la place. Il s'est fait petit pour me laisser dormir à l'aise. Je suis confus. Je voudrais le remercier et puis lui faire comprendre que je ne suis pas un type qui dort à mon poste d'habitude.

— Je suis fatigué mon vieux... hier soir Champfleury, compris Champfleury ? Vassili (je fais celui qui joue d'un accordéon imaginaire), Vassili zon zon zon toute la nuit... pas dormir (je montre ma tête) mal, fatigué, compris ?

— *Ne po ni maïo.* . . . .
Il reste plié dans son coin. Il me fait signe de prendre sa capote pour me couvrir.

. . . .

L'après-midi passe vite. Une lettre chez moi, trois pipes. Je lis un peu la Bible. (Mon sac est arrivé intact. On n'a pas touché au rasoir.) Vassili dort, mussé sous une couverture grise. Il ne fait pas plus de bruit qu'un oiseau. A quatre heures nous allons aguicher l'artillerie.

Kossiakoff tient absolument à porter ma lanterne. Je marche les bras ballants, comme un bourgeois, derrière lui ; de temps en temps il se retourne, joyeux. Je me sens attiré vers ce grand garçon qui ne parle plus mais cherche tout ce qui me fait

plaisir et laisse ses hautes épaules porter mes
fardeaux.

Les premières lignes sont un peu nerveuses. Ça
crapouillote. Dans la cour, sous le poste de signalisation, un brancardier passe en courant. Une batterie
du canal se met à péter. Voici la réponse : un faisceau
grinçant s'éploie sur notre tête — et s'écrase, en
flammes et en tonnerres le long du canal. Une à une
toutes les batteries françaises et russes s'allument.
Vers les abris-métro où ma compagnie est tassée
des petites graines noires se hâtent... Les copains...
Souffle court et coup de massue. J'ai baissé la tête,
petit tremblotis dans les jambes. Un obus a éclaté
sur le parapet en face.

Je vérifie la direction de la lanterne. Kossiakoff
est à son poste, mâchoire en avant, lèvres serrées,
narines ouvertes. Il respire profondément. Je le
regarde. Coup d'œil furtif vers moi.

— *Niett caracho*, dit-il entre ses dents.

— Ça barde ? vieux.

Deuxième obus, pas loin. Des mottes retombent
sur notre toit de planches. « C'est encore la gueule en
biais qu'aura la fine gâche. » Un autre, très près.
Un éclat vrombissant passe.

Là-bas, dans les arbres, des lettres lumineuses.
Crayon, que se passe-t-il ?

Je réponds : A. S. Attendez ; et je vais sortir pour
aller aux renseignements. J'ouvre la porte. Le talus
comme un dragon réveillé me souffle une haleine
de flamme, de pierres, de terre et de débris de caillebotis. Une pensée éclair : « En plein dans le boyau. »
L'essaim d'acier crisse autour de moi « tu vas en
avoir ». Je roule au fond de la cagna, sur Kossiakoff.

Je l'entends qui dit :

— *Niett caracho*.

Une boule grise fonce sur nous. C'est l'homme-femme. Il est couvert de poussière.

— L'artillerie me demande ce qu'il y a, Monsieur.

— Rien (l'homme-femme sourit), répondez vite et ne restez pas là.

Il dit encore quelques mots en russe à Kossiakoff et part comme une flèche. Ça a l'air de se tasser d'ailleurs. Quelques coups encore, longs, vers le petit bois de sapins. Une à une, chez nous les batteries se taisent. Il y a un coucher de soleil magnifique dans les brumes avec un nuage cabré comme une pouliche. Kossiakoff m'allonge deux tapes vigoureuses sur l'épaule. Enlevons les lanternes et rentrons bras dessus bras dessous ? Oui, si tu veux, mon vieux.

En entrant nous avons réveillé Vassili. Ce sacré bonhomme a roupillé pendant toute l'alerte. Il se dresse, s'étire, bâille. Il ronchonne contre Kossiakoff qui lui conte l'aventure — je suppose — avec force moulinets de bras.

Il trottine jusqu'à un coin d'ombre.

— Zut. Encore le piano à bretelles.

Et en avant *Vagonitika*. Vassili boit les grognements de l'accordéon avec des yeux de chat dans la braise ; extasié, il penche la tête jusqu'à toucher le clavier que ses doigts triturent. Plus rien n'existe autour de lui, ni Kossiakoff qui tape de la botte en cadence, ni moi qui gueule comme un veau, ni toute cette terre lépreuse et crevée de plaies sur laquelle ruisselle la vendange des jeunes hommes.

. . . .

Vassili est allé chercher du thé. Je pense qu'en allant à la cuisine je pourrai me faire donner celui qui a servi, et le mélanger à mon tabac.

Il revient. Re-accordéon.

Onze heures. Toujours *Vagonitika* avec de courtes variations dans un air lugubre comme un vent sur les marais. Est-ce que ça va durer comme la nuit passée ? Ça en a l'air. Kossiakoff, couché, me regarde, je vois son œil luire dans l'ombre. Je préfère aller coucher dans le couloir : paillasse, couvertures, je déménage ; et Vassili, infatigable, étire sa mélopée comme un confiseur la pâte à berlingots.

La musique s'arrête. J'entends gronder la voix de Kossiakoff, un peu chantante avec des mots qui sifflent comme des lanières de fouet. Vassili répond — appels de pie sur la crête des collines — flutis léger des notes aiguës pour occuper les doigts pendant la discussion. Kossiakoff fait la basse. Dernier soupir d'accordéon qu'on plie. La porte s'ouvre. Kossiakoff. Je suis dans l'ombre.

— Hep.

Il m'appelle.

— Qu'est-ce que tu veux ?

Un pas vers moi ; la lumière l'éclaire de dos. Je vois ses grands bras s'ouvrir et se refermer plusieurs fois, imitant Vassili attelé à son rêve.

— *Niett zonzonzon, niett.*

Et il me fait signe de rentrer dans la casemate apaisée.

. . . .

Rêveries d'après-midi sur les pentes du fort. Soleil gris au travers des nuées grises. Dans une tache bleue du ciel des flocons de schrapnels cherchent un taube invisible. Calme plat. Un cycliste, machine en main, passe sans se presser sur la piste du canal. Le petit vent aux dents aiguës danse dans les maigres herbes jaunes. Une phrase de Spinoza me hante : « L'amour c'est l'accroissement de nous-mêmes... » Je la trouve à tous les détours de ma pensée, pareille à cette pancarte ironique vers laquelle le lacis des tranchées me ramenait toujours quand je me suis perdu au bois des zouaves.

Dans les méandres du boyau où j'étais entré pour me cacher à un avion qui volait bas, j'ai rencontré les copains en corvée.

— Ça va, Giono ?

— Eh, gueule en biais, ça va ?

— T'as dégusté l'autre jour, hein ?

J'ai serré quelques mains. J'ai serré la main à Devedeux un bon type, marlou je crois dans le civil (il dissimule un gros accroche-cœur sous son calot et le sort quand il va au bistrot). J'ai serré la main à Decorde, un artiste de café-concert, bouffi, adipeux, et qui se fait les cils avec des allumettes charbonnées. Je l'ai hélé comme il tournait — toujours dernier — le parados. « Tu diras à Gunz qu'il ne se dérange pas ; je suis volontaire pour ici ; fais-le savoir au capitaine. »

J'ai réfléchi : ici, il y a Kossiakoff.

Ce soir, il a du vague à l'âme. Il renifle dans la casemate puante comme pour saisir un nostalgique parfum de désert d'herbe. Il écouterait volontiers, je parie, un petit air d'accordéon, mais l'autre, sitôt la nuit, est sorti avec son instrument. Nous sommes seuls. Je sais les mots qu'il faudrait dire pour adoucir cette lourde peine d'homme plié sous le joug, mais, en français, hélas !

Et Kossiakoff me mène sous la lampe ; de sa blouse il sort un petit portefeuille usé, miteux, aux coins pliés et il l'étale sur la table. Une photo : petit visage rond et ridé, une pomme d'hiver sous un bonnet de loutre, des yeux aigus, un peu rêveurs.

Je demande :

— Papa ?

— *Da.*

Il fait « oui » avec la tête. Il tourne la photo pour qu'elle ne luise pas sous la lampe et il la regarde, elle impassible, lointaine, lui avec de grandes aspirations.

Une autre : une femme âgée avec un fichu autour des joues, un pli amer au coin des lèvres, très profond. Quelle est la griffe qui a creusé ça ?

— Maman ? Mama ?

— *Da.*

Je reconnais à peine la voix de Kossiakoff ; elle chevrote, il devait avoir cette voix quand il était petit. Il y a contre moi, tout près, de la chair saignante, et je ne sais pas faire le geste pour panser la plaie.

Une autre photo : une jeune fille, cheveux luisants tirés en arrière, lourds pendants d'oreilles, bajoues ; deux vastes yeux oblongs dans une lune de graisse.

Là, je ne sais plus : papa, mama, langue internationale, mais, celle-là : fiancée, sœur ? Je ne sais pas.

— Qui ?

Il montre son père, sa mère, puis lui, puis la jeune fille ; je ne comprends pas. Alors, il fait semblant de tous les tenir dans ses bras — embrassés — la famille. Le petit noyau autour duquel s'est cristallisée toute la savoureuse pulpe des souvenirs.

C'est décidément la sœur.

Je lui fais signe qu'elle est jolie.

Il rit, dit quelques mots très vite, puis il hausse les épaules, il fait : à quoi bon ?

Que je suis loin de lui !

Je déboutonne ma veste et je sors aussi mon portefeuille... geste international. Nous sommes peut-être un million ce soir : Allemands, Anglais, Russes et Français qui sortons le portefeuille aux photos. Et combien d'autres semblables s'imbibent de pourriture sous la boue gorgée de graisse et de sang ?

Mon père : ses bons yeux, la barbe où je passais les doigts.

— Papa ?

— *Da.*

C'est à moi maintenant de répondre — en russe — d'avoir la salive épaisse et le démon dans les yeux.

— Mama ?

— *Da.* (Regard de ma mère si loin posé sur ma place vide.)

Ma cousine.

Kossiakoff interrogateur montre la photo de sa sœur.

— *Niett.*

Il demande :

— *Barichna ?*

Je répète : *barichna*, entre les dents, sans oser me résoudre à dire oui ou non. Ah, soudain. Comtesse de Ségur, née Krospotchine... vieux général Doura-kine oublié sur l'étagère aux poussières avec des « barines » toutes les cinq pages, *Barichna* ça doit vouloir dire Mademoiselle ; elle a le visage trop jeune la cousine pour une dame.

— *Da, da, Barichna.*

Et nous rions, lui, sous les mots russes qui écor-

chent mon gosier, moi en songeant aux sources
imprévues de ma science.

Tous les soirs maintenant, dès les ténèbres venues,
Vassili disparaît. Il ne retourne qu'au matin pour
se jeter sur son lit et dormir. Que fait-il la nuit ?
Il n'y a pas de garde à prendre. Voici son heure
habituelle.

Kossiakoff est à l'état-major pour des ordres.

Je fais semblant d'écrire une lettre. Vassili furette
et tire doucement vers la porte. Je le surveille du
coin de l'œil. Il prend le bouteillon à thé et sort.
J'écoute ; je l'entends qui pose délicatement l'us-
tensile dans un coin ; ses pas s'éloignent.

Je plie mon papier — stylo — mon calot en vitesse.
Il faut que je sache où Vassili passe ses nuits. Il ne
va pas dans le couloir ordinaire, mais j'aperçois
sa silhouette sur la rampe souterraine qui descend
dans la chair du fort. Je marche sans bruit dans sa
piste. Détours ; je me hâte ; le pas nonchalant de
Vassili frotte les dalles ; un escalier plonge dans un
trou d'ombre, dernière lampe électrique. Il descend
comme dans de l'eau noire : jambes, buste, poils
de chat. Plus rien : Vassili a disparu ; le bruit de sa
marche sur le sol mou s'atténue, se perd, se tait.

Qu'est-ce que je fais ? Hum, je ne suis pas bien
décidé.

Enfin, allons-y.

Je rase le mur pour éviter le halo de la lampe et
je me risque sur l'escalier. Au fond de cette ombre
il y a peut-être l'œil mauvais de Vassili qui me guette.

Au bas des escaliers la terre, un peu humide
on dirait. Une faible lueur me guide ; c'est un carré
de nuit plus gris que l'ombre avec une petite étoile
au milieu. Et maintenant j'entends en sourdine
l'accordéon : *Vagonitika,* ou plutôt quelque chose

de plus lugubre, une quintessence de mélancolie, de douleur, d'irrémédiable tristesse avec de brefs sursauts de haine, cabrioles rageuses d'un mi bémol.

« Il ne doit pas faire bon, ce soir, dans l'âme de Vassili. » A tâtons, j'approche de l'ouverture — décombres — je vois se dessiner l'irrégulière brèche emplie de nuit.

L'ascension molle d'une fusée éclairante : l'accordéon se tait. Je hausse un peu la tête, ah, je reconnais la place ; c'est le côté du fort, face aux tranchées boches ; il est éventré par les obus et c'est défendu de venir ici à cause des mitrailleuses qui arrosent les brèches durant le jour. Je vois Vassili accroupi derrière deux sacs à terre. Il serre l'accordéon contre sa poitrine ; il est crispé sur cette boîte de toile et de bois d'où flue le rêve cruel. La fusée tombe, une balle claque sur le mur. Nuit.

Et le gémissement mélodique reprend. O Vassili, froid et muet, je sais pourquoi, maintenant, tu cherches les coins solitaires. Je le sais pour avoir vu émerger de l'onde musicienne le rêve affamé à qui tu donnes ton cœur miette à miette.

Et l'amitié, chaque jour, me lie plus étroitement à Kossiakoff, un chasseur de fourrures, m'a dit l'homme-femme ; Vassili, un étudiant. Celui-là, rien à faire, surtout depuis la nuit où je l'ai guetté. Il dort ou bien, accroupi comme un dieu-terme dans les fossés du fort, il songe un long songe embrouillé.

Avec Kossiakoff, nous tenant par la main, nous courons sur les glacis abrités et quand, essoufflé bientôt je m'arrête, il me lève sur ses bras solides et m'emporte comme un gosse malgré mes cris. Nous allons sur le canal pêcher la carpe à la grenade ; à la coopé du moulin nous achetons des confitures, des provisions et nous les mangeons en route avec notre main comme cuiller. Je fume du tabac russe, des cigarettes comme le doigt, roulées dans du papier buvard. Kossiakoff m'a procuré une blouse pareille à la sienne ; il m'appelle Ivan et il tire sur ma pipe sans grande conviction.

Le soir, il écrit à ma cousine de longues lettres en russe. Puis, il me mime ses espérances : il est marié avec elle et les fourrures abondent : bientôt il est riche : un gros ventre, des favoris, une belle giletière épaisse et lourde et une rangée d'enfants classés par ordre de grandeur décroissante comme les tuyaux d'une syringe.

Le petit homme-femme s'insère dans l'entre-bâillement de la porte. Je continue à gratter le fourneau de ma pipe, mais mes deux compagnons, jaillis de l'ombre, se dressent pétrifiés. Et, sans se soucier d'eux, il vient à moi :

— Monsieur, dit-il, il faut aller à l'observation d'artillerie. Il y a des convois sur la crête du fort de B. et ça nous embête de les voir passer tranquilles. C'est une batterie russe qui bat ce secteur ; vous lui signalerez l'apparition des voitures et le résultat des coups (tout cela d'une petite voix sucrée et zézayante).

Je me suis dressé :

— J'y vais aussitôt, Monsieur, mais je n'ai jamais téléphoné à vos batteries et je ne sais pas lire les cotes sur vos cartes.

L'homme-femme a un geste très gracieux de la main.

Ça fait un peu aile de colombe. Et ça veut dire ?...

Dans la petite cloque d'acier, Kossiakoff est très mal à l'aise. Il essaie deux positions avant de réussir à placer ses longues jambes. Par la fente du créneau notre regard vole plus meurtrier que les flèches inévitables d'Apollon.

Sur l'horizon, une pustule grise : le fort de B. Une arête de la colline molle en descend et disparaît dans un bois.

Je prends les jumelles. Tout paraît aussi mort qu'à l'œil nu puis, sur le tapis de terre remuée, une tache se déplace, orgueil de la découverte. Je retiens mon souffle.

— Allô batterie ?

— Allô.

A la sortie du bois de B., la tête d'un convoi. La tache va lentement vers le fort. Par l'ouverture de la bâche ils doivent voir déjà la poterne à contre-pente. Allons, encore une corvée difficile finie.

Un jet de vapeur ronde sur la crête : deux, trois, trois champignons blêmes ; mon pays l'été quand il tonne derrière les collines. La vapeur coule dans le vent. A la jumelle, je revois la tache ; elle est arrêtée ; autour d'elle trois petits points noirs sont étalés. Il me semble que l'un d'eux se traîne vers le bois, illusion ; c'est si loin…

Kossiakoff rit. Ainsi tout le jour.

Mais, vers le soir, Kossiakoff a trouvé quelque chose d'intéressant dans le secteur des batteries russes. J'avais déjà remarqué cette plaque jaune qui semblait haleter dans le vent. C'est un champ de foin. A la lisière, deux faucheurs se dépêchent d'abattre la ration des chevaux. Ils sont sortis un peu trop tôt ; le crépuscule n'est pas assez épais pour les cacher ; un petit éclair régulier les trahit. Et Kossiakoff tend la main vers la boîte de cuir où dort le téléphone.

Je l'arrête. Pourquoi tuer? Nous avons, aujourd'hui, écrabouillé la corvée d'eau. C'est beau, un faucheur libre. Eux doivent jeter de furtifs regards vers les trous d'obus tout frais autour d'eux. Kossiakoff insiste. Il a sa consigne. On lui a dit : tout ce qui bouge. Il a son plaisir secret de chien d'arrêt. Alors je parle, je parle. Kossiakoff béant écoute ces paroles mortes. Une angoisse me tord : il ne comprend pas, il ne comprend pas. Si, il a vu mes yeux ; son bras retombe ; un léger sourire tire ses lèvres. Il caresse mon genou. Plus de consigne : amitié. Le devoir, mais le plaisir fait à l'ami, douce chose, et je voudrais lui dire, et je suis incapable. Il y a des steppes entre nous. Alors, je fais avec la main le même geste que l'homme-femme, un peu aile de colombe.

Je ne comprends pas tout de suite : il a une si fluette voix, l'homme-femme.

— Comment, Monsieur?

— Votre compagnie est relevée définitivement ce soir. Vous assurerez le service jusqu'à la liaison de demain matin. Vous rejoindrez Champfleury. Vous direz à votre capitaine que je suis très content de vous.

Je demande :

— Vous ne pensez pas que je puisse revenir?

— Non, le secteur sera entièrement tenu par notre artillerie qui est arrivée sur les positions. Je vous remercie, Monsieur, salut.

Il me serre la main.

Avant qu'il parte :

— Voulez-vous, Monsieur, dire tout cela à mon camarade Kossiakoff. Je ne pourrai jamais me faire entendre de lui par gestes.

Il se tourne vers Kossiakoff figé au garde à vous.
Il parle. Dans la haute figure de mon ami il n'y a que
les yeux de mobiles. A mesure que les mots l'attei-
gnent, son regard doucement vient vers moi.

— Voilà, il est prévenu.

L'homme-femme me serre encore la main, puis —
il montre Kossiakoff toujours raide — « Vous avez
fait là un excellent ami. Ah! les Russes, Monsieur... »
Il va me dire... Non, il salue, tourne sur ses talons et
sort.

Un beau matin avec des alouettes et un peu de
soleil. Sur le glacis du fort les pâquerettes sont fleuries,
je n'avais pas encore remarqué.

Kossiakoff porte mon sac. Notre marche sur les
caillebotis est le seul bruit du matin avec le haut fri-
selis des alouettes. Son pas, mon pas ; son pas mêlé
au mien, le mien seul. Je tourne la tête : Kossiakoff
arrêté cueille une pâquerette.

Il m'a donné de ce tabac blond que je n'aime pas,
un paquet de thé et une saucisse rôtie, il n'a rien
voulu accepter de moi, pas même ce vieux briquet
qui lui faisait envie, mais je l'ai mis dans la poche de
sa capote sans qu'il me voie.

Au canal, sentinelle russe. Kossiakoff parlemente ;
il n'y a rien à faire ; il ne peut pas dépasser le pont. Il
déboucle le sac, il aide à l'arrimer sur mes épaules.
Ça y est, je l'équilibre d'un coup de rein (ces minutes
sont encore précises en moi) je tends la main —
même à un Français, je ne saurais que dire en cet
instant. Kossiakoff me saisit aux épaules, m'embrasse
légèrement sur la bouche, puis, à grandes enjambées,
sans un regard en arrière, il tourne le dépôt des obus
et disparaît.

Abasourdi, seul, vide, j'essaye d'appeler Kossiakoff et le nom s'embourbe dans ma gorge.

Un avion de chasse au fond du ciel ronfle comme
une abeille.

Je suis allé frapper à la petite porte du moulin.

— Une bouteille de Banyuls, s'il vous plaît.

Et j'ai bu. Puis j'ai dormi dans la paille.

Il est tard. Tard pour ma petite ville de Provence.
Le clocher vient de jeter au vent les dix graines de
l'heure nocturne. Dans l'âtre la bouilloire jase encore
un peu avec les derniers tisons ; j'ai rallumé ma
pipe éteinte. Le tabac est très bon ce soir, onctueux,
poivré, fort comme je l'aime ; la fumée paisible
enlace la lampe. Le lit m'attend, candide et fleurant
l'aspic avec de rudes draps fraîchement lessivés et
la grande couverture chaude doublée de soie vieil-
lote.

Ivan Ivanovitch Kossiakoff a été fusillé au camp
de Châlons en juillet 1917.

Manosque 1920.

La main

C'était le matin. Quand je suis sorti de la ville, l'aube était à peine comme une goutte d'eau. On entendait toutes les fontaines. La première flèche du soleil, je l'ai reçue en pleine colline. Et voilà que maintenant, assis au talus, j'entends des pas qui descendent le chemin. Quel est ce matinal plus matinal que moi?

Le pas est un pas lourd, bien appuyé dans sa solidité et sa force, mais lent. L'homme a l'air de tâter l'assise dans les pierres et de s'y appuyer en toute science. J'entends un bâton qui cherche. C'est Fidélin l'aveugle. Le voilà au détour; il est là debout, dans toute sa hauteur; ses yeux reflètent le soleil comme des morceaux de verre. Il a sa bêche à l'épaule. Je l'appelle de loin, pour ne pas lui faire émotion.

— J'arrive, il me dit.

Et, en effet, il arrive, sans se presser, ayant un peu obliqué vers le talus.

— Vous voilà de bon matin, je lui dis.

— Quelle heure, à peu près?

— Je ne sais pas, peut-être quatre.

— Je le pensais. Je le lui ai dit. Je lui ai dit :

« C'est tout juste quatre heures, collègue » puis
j'ai pensé : « Il le sait mieux que toi », c'est ce qui
m'a fait retourner. Quatre heures! J'avais le temps
de faire encore trois ronds.

— Vous soignez l'olivier? je dis.

— Oui.

— Qui est-ce qui vous a dit que c'était plus de
quatre heures?

Il tâte le talus avec sa canne, puis avec sa main,
et comme il s'assoit dans le grand craquement de
ses vieux os, il me dit :

— Un ver de la terre.

Il continue :

— Un ver de la terre. Quand ils sortent, c'est
cinq heures. Moi j'ai besoin de toucher. Rien n'entre
dans moi par mes yeux. Ils sont refroidis. Alors je
touche avec mes mains.

— Vous la touchez avec vos mains? je dis. Avec
vos mains, Fidélin, comme ça comme quand je
touche une table ou de l'herbe, ou bien des
visages?

Je regarde les grosses mains déchirées et à rude
écorce de l'homme. Des mains tannées à la grande
tannerie, des mains cuites, des mains sans vie, des
mains enfournées dans une carapace de peau morte
comme dans un gant de boue.

— Mieux! dit Fidélin.

Il hausse sa main droite, il l'agite, et alors, d'un
coup, je vois toute l'intelligence des doigts, toute
la flexueuse inquiétude de la paume, tout le savoir
de cette base du pouce, tout le grand appétit de
cette main qui voit.

— Mieux! Vous savez que ça m'a pris très jeune.
Un jour de procession pour Saint-Pancrace. Il faisait chaud, c'était le mai d'ici, tant en soleil et en

grosse vapeur de terre, et j'avais suivi le saint, tout
décoiffé, dans le plein midi, au gros de la chaleur.
Celui qui portait la châsse, par-devant, c'était un
nommé Mathurin, il faisait le menuisier dans la
ruelle Observantine. En arrivant à Notre-Dame,
j'entre à l'église un des premiers. Le froid me serre
la tête. On descendait la châsse dans la crypte :
« Petit, donne la main, me dit Mathurin, ça pèse. »
J'ai mis mon épaule sous la châsse, à côté de l'épaule
de Mathurin et j'ai aidé à descendre le saint-corps.
Je me disais en moi-même : « Tu as quelque chose
de dérangé dans la tête. » En bas, c'était le noir.
Depuis ça été le noir. On m'a remonté en me donnant la main. On ne disait rien. Je ne disais rien ;
j'étais tout abasourdi. J'étais petit. Je me souviens
de la dernière chose que j'ai vue : l'épaule de Mathurin, et puis un gros cierge qui pleurait, et puis
un escalier sous mon pied. Mon pied s'est posé dessus, et puis plus rien.

« Je suis resté longtemps sur ma chaise. On me
mettait devant la porte. Ma mère me disait toujours : " Regarde, regarde, fais effort. " Je faisais
effort et toujours j'avais la cervelle noire. A la fin
je me suis abandonné, j'ai pleuré, j'ai laissé mes
yeux tranquilles, j'ai dit non. Alors, et à partir de
ce moment, tout ce qui était autour de moi m'a dit
oui et j'ai commencé à voir. »

Je regarde cette main dans l'herbe. Elle touche
une tige de thym. Les gros doigts suivent le bois
tors puis la paume caresse cette joue de fleurs.

— Je me souviens de ce temps où j'étais jeune
homme. La barbe m'avait poussé. En face de notre
maison il y avait un atelier de couturières. A quatre
heures du vespres on les laissait s'en aller dans
cette cour du puits de fer vous savez, là où est ce

vieux mûrier plus vieux que la ville. Elles venaient
près de moi. Elles m'appelaient : « Fidéline, Fidélin », puis : « voilà ta canne », puis « tu sembles
Jésus-Christ » mais bien gentilles, bien frotteuses
à s'appuyer sur moi, à me faire sentir le bâillé des
corsages, à rire, à me dire : « donne ta main » et elles
mettaient dans ma main des choses rondes et chaudes,
de la chair que j'ai connue après être des seins.
Mais, là c'était sur le corsage. Pauvre de moi ! Un
jeune homme de vingt ans sans yeux ! Vous comprenez, monsieur Jean ?

— Je comprends Fidélin, je comprends ce que
j'aurais souffert. Toute la souffrance qui m'a été
évitée. Jamais plus je ne me plaindrai, Fidélin. J'ai
eu vingt ans et j'avais mes yeux, le bon Dieu me les
conserve !

— Non, ça n'est pas ça. Vous comprenez, monsieur Jean, tout le bonheur que c'était pour moi ?
Elles n'étaient pas méchantes. Un beau jour, une
est venue toute seule. Elle m'a dit : « C'est le soir »,
puis « on n'y voit plus, on a cassé la lampe du coin
de la rue », puis « c'est moi qui ai cassé la lampe à
coups de pierres, hier soir. » Je dis : « Je t'ai entendue. » « Touche », elle me dit. Elle prend ma main
et elle la pose toute ouverte sur son visage. « Touche
les yeux », elle me dit : « touche le nez ; touche la
bouche ; touche le menton ; tu sens ma peau comme
elle est fine ? Tu sens comme ça fait le ruisseau, là,
entre la joue et le nez ? Tu sens comme la joue est
ronde, juste de la rondeur, et puis là, entre le nez
et la bouche, cette petite lisière à deux pentes, et
puis, passe tes doigts là, dessus mes lèvres, tu sens
comme elles sont douces ? Et puis le dessin, suis-le,
et puis, tu vois, je t'embrasse les doigts, touche
mes cheveux... — Oui, j'ai dit, tu es belle. — Je

m'appelle Antonia », elle m'a dit : « Je t'aime, et toi ? »

Il s'arrête de parler. Au bout d'un moment, il relève les épaules.

— Il faut bien dire quelque chose pour rire, n'est-ce pas, monsieur Jean ?

Annette ou une affaire
de famille

— Tu comprends, me dit Justin, demain la femme va à Chausserignes, alors...

— Comme ça, un jour de semaine? C'est pas la foire?

— Non, c'est pour une affaire de famille. Il a pris un petit air absent tout aussitôt et tout juste assez pour laisser un coin de son œil qui me regarde. Moi je sais, il faut faire celui qui a d'autres soucis ; je regarde la pendule.

— Alors, je te laisse, tu dois avoir à préparer.

— Eh non! dit Justin, reste encore un peu ; et puis il est à peine deux heures, et puis il pleut, et puis, assieds-toi. Mélanie, apporte encore un litre.

Nous remplissons nos pipes ; Justin bourre la sienne jusqu'en dessus des bords pour que ça tienne longtemps, puis il se mouille le pouce avec de la salive et il tasse le tabac avec le pouce et en tournant. Il allume juste le milieu et il tette doucement.

— Voilà, je vais te dire cette affaire... Tu te souviens de la sœur de ma femme, Rosine? Non? Tu te souviens pas? Une un peu fraisette, là, un peu chienne, avec de la pomponnaille, dégourdie, là... On l'avait trouvée une fois avec Barnabus, tu te souviens pas ? C'est drôle !

— Dis, Justin : Barnabus, si c'est de celui-là que tu parles, il a au moins quatre-vingts ans, alors...

— C'est vrai, ça, tiens ; je croyais que tu étais plus vieux. C'est vrai, ça, mais ça ne fait rien, écoute : cette Rosine, de son premier mari elle a eu une fille, puis cette fille s'est mariée...

— Arrête un peu Justin ; comment veux-tu que je me souvienne, ça date de cinquante ans au moins.

Il réfléchit un petit moment.

— Ah ! Cinquante ans, au moins ; ça au moins, tu dis bien, mais c'est curieux, ça, je me souviens, moi. C'est peut-être parce qu'on en a parlé à la maison, et puis, j'ai dû voir sa photographie, de cette Rosine. Oui, va, j'ai dû voir sa photographie.

Donc, Berthe, la fille de Rosine, se marie et elle a une fille.

— Eh ! bien, Justin, ça en fait des filles, ça !

— Oui, ça en fait trois, mais ça ne fait rien, c'est ici que ça commence. Cette petite, on l'appelait Annette. Ça va un an, ça va deux ans, deux ans et demi, ça va même trois ans, mais à ce bout ma Berthe meurt. Elle s'était toute usée à tripoter le linge pour les autres, à aller au lavoir en plein hiver, à se louer pour des ménages. Elle meurt. Bon. Son homme, c'était un de ceux, tu sais, qui ont les bras en raphia. Puis, il aimait l'absinthe. Six mois après il meurt aussi, tout brûlé en dedans par la boisson. Bon. Voilà la petite seule. Je me souviens qu'à ce moment-là, tous les soirs la femme me disait : « Aussi, Justin, cette petite qui est toute seule » et moi je lui disais : « Eh ! oui » et puis, on s'endormait. La Rosine écrit à son frère, l'Eugène

qui est serrurier à la bourgade : « Si tu pouvais
prendre cette petite chez toi... toi qui as un atelier,
tu la garderais ; moi, je me suis remariée et mon
mari, tu sais... »

Eugène ne fait ni une ni deux, il va chercher la
petite et il la prend. Cet Eugène, c'est pas un mauvais garçon, il a du cœur, mais de ça sans force de
caractère. Il a gardé la petite pendant deux ans. Et
puis, sa femme était toujours là à tiquer : « Et elle
est ci, et elle est ça, et c'est bien tout la Rosine, et
elle pisse au lit. » Ils avaient un petit garçon, et
celui-là, de voir Annette qui montait sur les genoux
de l'Eugène et qui lui disait « papa » il s'en faisait
péter la gueule à crier : « C'est pas ton papa, c'est
le mien. » Enfin, des scènes. Tout compte fait, au
bout de deux ans il a retourné la petite à sa grand-
mère. Celle-là, on aurait dit que tu lui apportais un
mouchoir sale. Elle l'a mise à l'orphelinat.

Voilà! Alors, avant-hier, maintenant que tu sais,
l'Amélie est revenue de Chausserignes et elle est
vite entrée à la maison, et aller de bavarder avec la
femme : chu-chu, là, sous la coiffe. Et la femme a
fait : « Ça, quand même! » Alors, j'ai demandé :
« Qu'est-ce qu'il y a? » Elle m'a dit : « La petite,
l'Annette qui est sortie de l'orphelinat et qui est
placée à Chausserignes! — L'Annette? Et pourquoi elle est sortie? — Elle est libre, m'a dit l'Amélie, elle a vingt et un ans. »

Ça alors! Tu vois ça, toi, elle est libre!

J'ai dit à la femme : « Tu vas te mettre ton chapeau, et puis demain tu fileras là-bas, tu iras voir
son patron, et même tu lui porteras une douzaine
d'œufs, pas des plus frais, de ceux de la jarre. Tu
iras le voir et tu lui diras : " C'est notre nièce,
ça, c'est vrai, on peut pas nier, mais les enfants

comme ça, on sait jamais ce que ça devient, élevés dans ces maisons. Alors, voilà, vous êtes prévenu. Nous, on est responsables de rien. ''

« Tu vois pas qu'elle fasse quelque chose de mal et puis qu'on vienne nous réclamer à nous!... »

Au bord des routes

Je suis allé à l'auberge que tient, au bord de la route, mon ami Baptiste Gaudemar, dit « Gonzalès ». Il m'a dit « assieds-toi » et il s'est assis à côté de moi, près de l'unique table. J'ai tiré ma pipe, j'ai fumé ; je n'ai rien dit. Quand je viens là, c'est pour écouter, pour apprendre. Et, « dit Gonzalès » est resté longtemps sans parler. Il a son grand chapeau tout cabossé, tout étiré, tout lavé des pluies de l'an, tout poudré des poussières et des grainettes de l'été. Il a son beau foulard de soie rouge à fleurs vertes et bleues, ce foulard qu'il étend devant le soleil parfois pour regarder à travers et faire regarder les autres. « Regardez, il dit, regardez cette chose que vous ne verrez qu'à travers mon foulard. » On regarde, on ne voit rien. Alors il dit : « Regardez danser le soleil ; regardez, là au travers, tout le ciel qui se bataille. » On regarde encore. Alors, cette fois on voit.

Dans la porte ouverte est dessinée toute la colline « Sainte-Mère et Saint-André » et un bon bout de lande genévrière toute ensauvagée, malgré un haut pigeonnier qui crache en silence des pigeons blancs et pointus comme des pépins de coing.

La grande fille « Mia des Roches » passe avec son

panier plein d'oignons et de poireaux. Et là, sur les
carreaux, son dernier enfant — celui qu'elle a eu
d'un charretier ou du charbonnier de Saint-Sylvestre
— joue avec des bobines vides. Jeanton, il s'appelle,
ce petit.

Il me regarde. Il se passe la langue sur la lèvre.

— Tu veux que je te creuse ton ventre ? il me dit.

— Non, je dis.

— Tu veux que je te déchire le bras ?

— Non.

— Tu veux que je t'arrache la jambe ?

— Non.

— Tu veux que je te découpe la tête ?

— Non.

— Alors on peut pas s'amuser.

Je regarde « dit Gonzalès ». Il fume et il caresse
son beau foulard.

— Du temps que j'étais au Mexique, il commence... car il est allé au Mexique au temps où
il était tout jeunot. Il a fait son voyage dans sa veste
de première communion. Là-bas on devait le faire
entrer dans une maison de confection. Mais c'est
toute une histoire, une autre.

— De ce temps-là...

C'est ce qui lui a donné le surnom de Gonzalès.
Quand on l'a vu retourner, sec comme de la caroube
et si maigre qu'on pouvait compter sur lui tous les
nœuds de ses os, on l'a d'abord surnommé « trente
nœuds » pour ça justement. Il était en veste de vieux
fil et tout noiraud à n'en pas donner plus de dix
sous du tout : homme et veste, et contre garantie
encore. Mais peu à peu on a su que là-dessous,
ce qu'on prenait pour un gros nœud d'os, c'était,
à pas douter, un boursicot, et alors on l'appela
Gonzalès, pour ses sous.

— Comme je descends de cheval, je la vois derrière la grille, avec ses cheveux partagés et sa grosse cerise de bouche. Je me dis : « Tu lui feras le coup du foulard. »

Ce qui fit penser qu'à part le boursicot il devait avoir aussi une boîte ; c'est qu'il avait belle façon pour bâiller à pleine bouche, à se décrocher les dents et qu'il savait s'ennuyer et tenir tout le large du « Café Glacier » rien qu'en s'asseyant de biais sur les banquettes. Les filles commençaient à venir tourner autour de lui. Il bâillait, il avait ensuite un petit regard pointu sous les poils d'œil et il plissait tout le tour de sa bouche « comme les tigres », disait le pharmacien.

— Dans le hangar à laine, avec le bruit de tous ces putains de vents de là-bas qui parlent gras comme des évêques, un lit, monsieur Jean, qui avait ses cent pas d'un côté et bien quatre-vingts de l'autre, un matelas de l'épaisseur des maisons, et là-dessus...

Là-dessus — je veux dire après s'être bien fait tourner autour par les filles d'ici, car son histoire, je la connais, ça fait vingt fois qu'il me la raconte, il l'aime, il la suce, il la mâche comme du miel cuit et je ne l'écoute plus ; dès qu'il a dit : « Je la vois derrière la grille », j'ai su ce qu'il allait raconter — là-dessus donc on pense qu'il a peut-être des sous mais qu'en tout cas il n'a plus guère de sifflet parce que la Jeanne et l'Anaïs, et l'Adelinde avaient beau faire, il ne bougeait pas plus qu'un terme. Et pourtant, c'étaient de belles filles, et bonnes à ne pas faire languir personne.

A une qui le serrait de plus près, il avait dit : « Moi, je suis au bord des routes, qui sait si demain on va pas tirer sur la corde ? Alors, je me lèverai, je marcherai sur ma route sans que rien ne me retienne. »

Il resta donc à bâiller, et à boire, et à dire : « Voyez à travers mon foulard tout le ciel qui se bataille. » De temps en temps, il venait au milieu de la place avec sa boussole, il prenait le nord puis il se tournait en face un morceau du ciel et il regardait là-bas comme s'il avait voulu passer avec son regard à cet endroit où le ciel se collait contre la terre.

Il était au bord des routes. Je comprends, moi. Vous comprenez ?

Vous allez comprendre.

Sur le tard, la bourse plate, il a acheté avec les derniers pesos cette auberge du bord de la route. Il s'est marié avec cette grosse femme moustachue qui est là-bas près du poêle à fricasser de la fressure de porc. Il a fait avec elle deux enfants : cette « Mia des Roches » qui est toute folle de son corps comme une jument, et un fils, parti qui sait où ?

— Regardez, il me dit.

Je connais la fin de l'histoire, je ne l'écoute pas, mais, chaque fois je regarde et chaque fois cela me donne un grand coup dans le cœur pour peut-être tout ce que je perds moi-même à rester au bord des routes ; je regarde.

Il sort lentement sa main gauche de la veste, il l'allonge devant moi... Elle est comme une vieille bête bien lasse et là, au doigt du milieu elle porte une bague de jeune fille, plus, une bague-jeune-fille, toute dorée d'or comme des cheveux, rouge de pierre avec un reflet gris-bleu comme un regard.

Jofroi de la Maussan

Je vois venir Fonse ; il est tout bouleversé à en
avoir la bouche sans chique, à en oublier de relever
ses pantalons, et sa ceinture de laine est sous son
ventre. Il fait des pas!

— Si tu vas loin, comme ça, je lui dis en passant...

Il ne m'avait pas vu, allongé dans les vieilles
pailles de l'aire. Il tourne la tête. Il me regarde. Il
monte le talus, il vient se coucher à côté de moi
et il reste là à souffler pour reprendre l'haleine. Moi
qui connais sa maladie... Moi? Il en parle partout :
au café, aux champs, aux veillées, à toutes les occa-
sions, depuis que le monsieur de Digne lui en a
parlé. Je lui dis :

— C'est pas bon pour ton cœur, ça, tu sais?

— Ah! le cœur, qu'il me fait, si c'était seulement
ça, mais il vient de m'en arriver une...

Ça doit être en effet quelque chose... Lui qui
d'ordinaire regarde les événements sans se presser
pendant une bonne heure avant de se décider, il est
là, tout perdu à battre des paupières, comme ébloui
par sa propre vitesse.

— Tu sais que j'ai acheté le grand verger de la
Maussan? Cet hiver, le Jofroi est venu à la maison ;

je l'ai fait entrer dans la cuisine ; je lui ai dit : « Chauf-
fe-toi. » Il a bu un petit verre puis il s'est décidé.
Il m'a dit : « Fonse, je me fais vieux ; la femme est
malade, moi aussi ; on n'a pas d'enfants, c'est un
gros malheur. J'ai vu le notaire de Riez et on s'est
presque entendu. Il m'a montré la billette, je suis
allé voir le percepteur et... je te dis, on s'est presque
entendu. Si je mettais tant en viager, ça me ferait
tant de rente. » Alors, moi, je lui ai dit que c'était
une bonne idée, et, d'une chose à l'autre, on en est
arrivé que j'ai acheté le grand verger de la Maussan.
Pas la maison ; il m'a dit : « La maison, laisse-la
moi, j'en ai l'habitude, ailleurs, ça me donnera
l'ennui, mais, prends toute la terre, ras des murs
si tu veux. » Enfin, je lui en ai laissé un bon peu
pour qu'il puisse prendre son soleil et un arbre ou
deux pour l'amuser. Tu vois que j'ai été convenable,
et puis je l'ai payé d'aligné. Il a placé ses sous, il a
sa rente. Nous sommes bien contents. Bon.

Tu l'as vu le verger de Maussan ? C'est tout des
pêchers, des vieux ; ça devrait être arraché depuis
dix ans déjà. Le Jofroi, lui, un peu moins, ça allait
toujours, mais moi, le pêcher c'est pas mon fort,
et puis, notre terre, c'est pas une terre à ça ; enfin,
mets-le comme tu veux, moi, mon intention c'est de
faire du blé là-dessus, d'arracher les arbres et de
faire du blé. C'est une idée comme une autre, et
puis, ça ne regarde personne : j'ai payé, c'est à moi,
je fais ce que je veux.

Ce matin, je me suis dit : « Le temps est comme
ci, comme ça, tu n'as rien à faire, tu vas commencer
à arracher. » Et, tout à l'heure, je suis allé à Maussan...
(C'est tout mon Fonse, cette phrase. Ce matin, il en
eut l'idée, mais il n'est allé à Maussan qu'à trois
heures de l'après-midi.)

— ... j'avais attaché une corde à la plus grosse branche et j'ai tiré, tiré et c'est venu ; ça a fait un bruit. Alors, j'allais arracher la souche ; j'ai entendu ouvrir une fenêtre, puis le Jofroi est venu.

— Et qu'est-ce que tu fais, il m'a dit ?

Il n'avait pas son naturel de figure.

— Tu le vois, je réponds.

— Tu vas le faire à tous, ça ?

— A tous.

Je ne voyais pas où il voulait en venir. Il retourne à la bastide et je le vois arriver avec son fusil. Pas à l'épaule, bien en main, la main droite à la gâchette, la main gauche sous les canons, et il portait ça devant lui, bien solide, et il marchait comme un dératé. Il avait encore moins de naturel qu'avant.

Moi, j'avais déjà attaché la corde au second arbre et, en voyant le Jofroi avec le fusil, je lui dis en riant :

— Tu vas chasser les fifis ?

— Je vais chasser le salaud, il me fait. Et il vient sur moi.

Les bras m'en sont tombés.

— Tu les laisses mes arbres ? il m'a dit.

— Jofroi...

— Tu les laisses ?...

Il me met les canons, là, sous la chemise, et, tu sais, c'était plus un homme. Je lui dis, sans me fâcher (il avait le doigt prêt) :

— Jofroi, fais pas l'enfant.

Il ne savait que répéter :

— Tu les laisses, mes arbres, tu les laisses ?...

Qu'est-ce que tu veux discuter ? J'ai lâché la corde et je suis venu, et voilà.

Ah ! c'en est une d'histoire !

Et qu'est-ce que je vais faire maintenant ?

*

On s'y est tous mis, on a tous essayé ; je suis allé
moi-même voir Jofroi. Il est comme un chien qui a
planté ses dents dans un morceau de viande et ne veut
pas la lâcher.

— C'est mes arbres ; c'est moi qui ai tout planté ;
je ne peux pas souffrir ça, là, sous mes yeux. S'il revient, je lui tire dans le ventre puis je me fais sauter
le caisson.

— Mais il a acheté.

— Si j'avais su que c'était pour ça, j'aurais pas
vendu.

— Jofroi, je lui dis, ça vient de ce que vous avez
gardé la maison ; alors, vous êtes là, vous voyez tout ;
ça vous fait mal au cœur, ça c'est forcé, je le comprends, mais mettez-vous à la place de Fonse. Il a
acheté, il a payé, c'est à lui ; il a le droit de faire ce
qu'il veut.

— Mais, mes arbres, mes arbres. Je les ai achetés
à la foire de Riez, moi, en cinq, l'année que la Barbe
m'a dit : « Jofroi, nous aurons peut-être un petit »
et que le gros incendie des Revaudières lui a faussé
ses couches. Ces arbres, je les ai portés de Riez ici
sur mon dos ; j'ai fait tout seul : les trous, charrier
le fumier ; je me suis levé la nuit pour venir y allumer
la paille mouillée, pour pas que ça gèle ; j'y a fait
plus de dix fois le remède à la nicotine et, chaque
bidon, c'était cent francs. Tenez, regardez les feuilles,
si c'est pas sain, ça. Où vous en trouverez des arbres
de cet âge, comme ça ?

« Ah, bien sûr, ça donne guère, mais, on a un peu
de raisonnement quand même. On sait que des

vieux arbres, c'est pas des jeunes ; on ne se met pas
à tout massacrer parce que c'est vieux. Alors, il faut
me tuer, moi aussi parce que je suis vieux ? Allons,
allons, qu'il raisonne lui aussi, un peu. »

Pour lui faire comprendre que ce n'est pas la
même chose, lui et ses arbres, c'est difficile.

Alors, on s'est tous mis sur le Fonse. On y est allé
après souper, en bande. On m'avait dit : « Vous qui
savez parler, parlez-lui ; on ne peut laisser ça comme
ça. »

Je lui ai dit :

— Fonse, écoute : le Jofroi est buté ; il n'y a rien
à faire, il raisonne comme un tambour, tu le sais.
Il n'y a que toi d'intelligent dans l'affaire, montre-le.
Sais-tu ce que je te conseille ? On arrange tout :
tu lui rends sa terre, il te rend tes sous, plus les frais
d'acte comme tu as dit, bien sûr, il faut pas que tu
en sois de ta poche, et puis c'est fini. C'est un vieux,
on ne peut pas le laisser comme ça, peut-être à
deux ans de sa mort, avec de la peine. Arrangeons
ça de cette façon.

Et le Fonse qui est le plus brave homme de la
création a dit tout de suite :

— Faisons comme ça.

Mais alors il y a eu autre chose.

*

Le Jofroi a déjà tout versé à la Caisse des Dépôts
et Consignations. Il n'a plus le sou. Il n'a plus que
sa rente.

Il est là sur la place du village ; on a fait venir le
Fonse, on est tous autour ; il n'y a pas de fusil, ça
ne risque rien. On est là pour discuter.

— Alors, si tu n'as pas de sous, fait le Fonse, qu'est-ce que tu veux que je te dise ? Je ne peux pas te rendre ta terre pour rien ; j'ai payé, moi.

Jofroi est capot. La raison de Fonse est bonne. C'est un mur à se casser la tête. Il n'y a rien à dire.

Il y a à dire pour Fonse parce que c'est, je vous l'ai dit, le plus brave homme de la création. Franc comme un cochon sain, à donner tout son sang pour qu'on le mange.

— Écoute, Jofroi, je vais t'arranger quand même. Tu as ta rente ; il te faut tant pour vivre ; ta terre, puisque tu ne peux pas me rendre les sous, je te la loue. Tant. Il t'en reste de reste pour vivre et tu en fais ce que tu veux de tes arbres.

Ça nous a semblé le jugement de Salomon. On s'est tous regardés avec de beaux yeux. C'est fini. Il fait bon sur cette place ; je trouve même que le monument aux morts n'est pas si vilain que ça. On entend chanter les pies.

Jofroi n'a pas l'air bien content. Il mâche et remâche.

A la fin, il a dit :

— N'empêche que si tu me la loues, la terre, elle ne sera pas à moi. Elle sera quand même à toi. Les arbres seront à toi.

— Qu'est-ce que tu veux que je te dise, a fait Fonse désespéré.

Et la comédie a commencé.

*

Il est venu l'Albéric, un des voisins de la Maussan. Il courait. Il s'est arrêté aux aires, il a mouliné des bras ; il a crié : « Vite, vite, venez vite. »

On s'est tous mis à la course vers la ferme et, en courant, l'Albéric nous a crié :

— Jofroi s'est jeté de la fenêtre.

Non, il ne s'est pas jeté de la fenêtre. Quand nous arrivons, il est là-haut sur la toiture de sa maison, bien au bord, la pointe des pieds dans le zinc de la gouttière. Il crie :

— Levez-vous que je saute.

La Barbe est là, à genoux dans la poussière.

— Ne saute pas, Jofroi, ne saute pas, elle crie. Ne reste pas là au bord que, si le vertige te prenait, ah, brave dieu et bonne vierge et saint monsieur le Curé ; enlevez-le de là. Ne saute pas, Jofroi.

— Levez-la d'en bas que je saute.

Nous sommes tous là ; on ne sait quoi faire. Fonse est allé chercher le matelas du lit ; il le met sur le pavé de la cour juste à l'endroit où l'autre peut sauter.

— Lève ça, crie Jofroi, lève ça que je saute.

— Tu es une bête, crie Fonse ; à quoi ça t'avancera de sauter ?

— Si je veux sauter, répond Jofroi.

— Non, non, bonne mère, fait Barbe.

Ça a duré : saute, ne saute pas ; il nous a tenus là plus d'une heure. A la fin, je lui ai crié :

— Sautez et que ça soit fini.

Alors, il s'est un peu reculé et il a demandé :

— Qui est-ce qui a crié ça ?

— C'est moi, j'ai dit. Oui, c'est moi ; vous n'avez pas fini de faire l'arlequin là-haut ? Ah, vous avez bonne façon sur votre toiture. Vous allez casser les tuiles avec vos gros souliers et casser la gouttière. Voilà ce que vous allez faire. Et puis, vous serez bien avancé. Si vous devez sauter, sautez et que ce soit fini.

Il a bien réfléchi, il nous a regardés, nous tous,

muets, en bas, à ne pas savoir comment ça allait
finir, nous tous avec la figure levée vers lui, qu'il
devait nous voir comme une rangée d'œufs dans
un panier. Puis il a dit :

— Non, puisque c'est comme ça et que vous
voulez que je saute, je ne saute pas. Je me pendrai
quand il n'y aura personne.

Il s'est reculé et il est entré dans le ciel ouvert
du grenier. Barbe s'est relevée. Elle avait la robe
pleine de poussière.

*

Cette après-midi où ça s'est bien trouvé pour
faire les travaux de fin d'hiver, tout le monde est
dans les champs, même les enfants parce que c'est
jeudi. Même moi, parce que ça faisait tant de rires
et tant de chansons que je me suis dit : « C'est le
printemps, les amandiers doivent être fleuris. »
Ils n'étaient pas fleuris mais, dans l'épaisseur de tout
le plateau planté d'amandiers nus, il y avait à la
cime des branches comme une mousse bleue et
rousse, ce qui est le gonflement de la sève.

Donc, je suis sorti et je suis allé avec les autres.
Il y avait les ânes, et tous les chiens, et les mulets,
et les chevaux, et ça n'était que hennissements,
abois, chansons, bruits d'eau, cris de filles et galo-
pades parce que l'ânesse à Gaston s'était échappée.

Au milieu de tout ça on a vu passer Jofroi. Il
était sot ; il était sombre comme le toupin au café.
Il traînait une grosse corde.

— Et où tu vas, on lui a dit ?

— Je vais me pendre, il a dit.

Bon. On a pensé à ce coup de la toiture et on l'a

regardé de loin. De loin... Il est allé jusqu'au verger de l'Antonin, il a lancé sa corde par-dessus la branche...

L'Antonin est vite arrivé.

— Jofroi, va te pendre chez l'Ernest, va ; ici, ce n'est pas un endroit. Et puis, là-bas, les arbres sont plus hauts, et puis, c'est de l'autre côté des pins, tu seras mieux à ton aise, on ne te verra pas, va.

Le Jofroi l'a regardé avec son œil d'orage.

— Antonin, tu es toujours le même. Quand on te demande un service...

— Va...

— J'y vais.

Et il y est allé. Nous avons suivi parce qu'au fond, nous sentons le gros mal de Jofroi. Nous savons que c'est une vérité, ce mal ; au su et au vu de tous comme le soleil ou la lune, et nous faisons les fanfarons. Mais, voilà que de là-bas, de la Maussan, est parti un hurlement, long et qui traîne sur nous comme une lourde fumée. C'est Barbe qui hurle. C'est la vieille Barbe qui, sur ses septante comme elle est, en est encore à hurler de toute la force de son ventre pour crier que son homme va se pendre.

On a même un peu couru. Il avait eu le temps de passer la corde, de faire le nœud coulant, d'approcher une bille de bois, de monter, de passer sa tête dans le lacet, et déjà la bille roulait sous ses pieds.

On l'a eu, juste pour le saisir à bras-le-corps, le hausser, le tenir, et lui, il tapait sur toutes les têtes avec ses poings, et il tapait du soulier dans tous les ventres, sans parler, parce que la corde avait déjà un peu serré le gosier.

On l'a dépendu et on l'a allongé au talus. Il ne dit rien ; il souffle. Personne ne dit rien. La belle gaieté est partie. Les enfants sont là à se presser contre notre groupe, à regarder entre nos jambes pour voir Jofroi étendu. Plus de chansons. On entend le vent haut qui ronfle.

Jofroi se dresse. Il nous regarde tous autour de lui. Il fait un pas, et on s'écarte, et il passe. Il se retourne :

— Race de... il dit entre ses dents. Race... Race de...

Il ne dit pas de quoi. Il n'y a pas de mots où il puisse mettre tout son désespoir.

Il part sur le chemin et on voit Barbe qui vient à sa rencontre, et qui geint, et qui court tout de travers dans les ornières comme un petit chien qui apprend à marcher.

*

— Au fond, me dit Fonse, c'est moi le plus mal arrangé dans cette histoire : j'ai donné mes douze mille francs et, s'il arrive quelque chose, ça ne sera pas long pour qu'on dise que c'est moi qui suis responsable, tu verras.

« Maintenant, ils sont tous de mon côté. Fais que Jofroi se pende du bon, ou se noie, ou, je ne sais pas, moi, et tu verras. Je les connais, moi, les gens d'ici. J'ai déjà des scènes à la maison : la femme, la petite, la belle-mère, toutes, et pourtant, qu'est-ce que tu veux que je fasse ?

— Rien, Fonse, tu as fait tout ce qu'il fallait, mais, quant à croire que c'est toi le plus mal arrangé, non. Pense à Jofroi, c'est lui le plus mal arrangé, crois-moi, ce n'est pas des choses à pantin ce qu'il fait. Tu le connais. Il veut sérieusement mourir, mais il pense à ce qu'il laisserait, et alors, il ne sait plus, il fait moitié moitié. Il se dit : « S'ils me voient comme ça, à la mort, ils auront le débord de la pitié et ils arrangeront.» Il voit bien que c'est difficile mais il a toujours l'espoir.

— Savoir si c'est ça, dit Fonse.

Je lui dis :

— Moi je crois. Écoute : je suis allé à la Maussan l'autre jour. Tu n'y vas plus, toi?

— Non, je n'y ai plus mis les pieds, je ne vais même plus de ce côté. C'est pas précisément de son fusil que j'ai peur. Bien sûr, ça y est pour quelque chose, mais, s'il n'y avait que ça, peut-être... Non, je ne monte plus de ce côté parce que j'ai peur surtout de ça. Je vais te dire : il sait que j'ai tout pour moi, la loi, la raison des gens, sa raison à lui, au fond même. Alors, s'il me revoit, il croira que je suis décidé à me servir de tout ça. Il sait que si je me sers de tout ça, il est perdu ; et qui sait ce qu'il fera alors?

— Bon, mais moi j'y suis allé après les pluies, et puis ce chaud ; le champ est plein d'herbe comme un bassin d'eau. Ça monte jusqu'au milieu des arbres. Il était là, le Jofroi, et il a fait, en me voyant : « Regardez ce malheur ; si c'est pas un malheur de traiter de la terre de cette façon. » Tu vois qu'il a du chagrin ; il ne sait plus ce qu'il dit. Il sait bien que c'est lui qui...

A ce moment, Félippe ouvre la porte du café. Il nous regarde. Il reste avec la main sur la manette de la porte.

— Fonse, Monsieur, le Jofroi est mort.

On est resté tout gelé, tout vide, sans idée, à se

sentir pâlir, à se sentir refroidir comme un plat ôté du feu.

Puis on a dit :

— Comment ?

Et on s'est dressé avec le peu de volonté qui nous reste.

— Oui, a dit Félippe, il est là-bas étendu sur la route. Il ne bouge plus. Il est tout raide. Je l'ai appelé de loin, puis j'ai fait un détour et je suis vite venu.

Jofroi est étendu sur la route, mais, comme nous arrivons près de lui, nous voyons qu'il est vivant, bien vivant et les yeux ouverts.

— Eh ! qu'est-ce que tu fais là ?

— Je veux me faire écraser par les autos.

Le Félippe n'en peut pas revenir.

— Tu crois que ça va se faire comme ça ? Quand ils vont te voir, de loin, ils s'arrêteront. Si tu veux te tuer du bon, Jofroi, va te jeter dans...

— Ne lui dis rien, a fait Fonse.

*

Le printemps est venu, puis il a passé. L'été est venu, et il passe, tout lentement, gros et lourd avec ses gros pieds embourbés de soleil qui pèsent sur nos têtes.

Le verger de la Maussan n'est plus qu'un champ sauvage au milieu de nos terres domestiques. Ceux qui sont près de lui ont besoin de se méfier, il les mord avec de longues dents d'herbes tenaces et il faut taper dessus à tours de bras avec la bêche pour le faire lâcher.

Le Jofroi, on l'a retenu plus de vingt fois : juste sur le bord du puits d'Antoine, un puits qui a plus de trente mètres et que l'Antoine disait : « Quand même, s'il l'avait fait, où j'aurais pris l'eau après ? » On l'a tiré de la petite écluse du ruisseau. Il s'est secoué comme un chien, il est parti. On lui a caché son fusil. On a cassé la bouteille de teinture d'iode et on a prévenu l'épicière qu'elle ne lui en donne pas d'autre, ni d'esprit de sel, ni de rien. On est là, à se demander quelle chose extraordinaire il pourrait bien faire : manger des clous, à s'en faire péter le ventre ; s'empoisonner avec de l'herbe, des champignons ; se faire tuer par le taureau. On ne sait pas. On invente tout en soi-même et ça finit par n'être plus tenable. Le Fonse qui n'a jamais été malade a eu une indigestion que tout le monde a couru, une mauvaise indigestion de melon. Il en a été à deux doigts de la mort. Moi, j'ai dit à ma femme :

— Écoute, les Jarbois nous ont invités plusieurs fois à aller les voir à Barret. On devrait y aller pour quinze jours, avec la petite...

Et ma femme m'a dit :

— C'est au moins pour le Jofroi que tu me dis ça.

— Non, mais...

Enfin, il a été décidé qu'on partirait. L'air est bon à Barret, et puis, les Jarbois sont bien gentils, tant l'homme que la femme, et puis... n'est-ce pas, Élise ?

Et j'ai dit à Fonse, un Fonse tout flottant dans son pantalon, un Fonse en plume de pigeon, léger, léger, blanc comme une assiette et qui a sa veste

malgré l'été ; j'ai dit à Fonse : « Viens, on va
boire une anisette parce que, d'ici quelques jours,
je vais être obligé de m'en aller. Oui, des af-
faires. »

Et c'est là qu'on est encore venu nous dire :

— Jofroi est mort.

Nous avons dit, de bonne foi :

— Encore ?...

Mais cette fois, c'est Martel qui annonce, Martel un peu cousin avec Jofroi, un homme de
croyance.

— Cette fois, c'est du bon, il dit, puis, tout de
suite, parce qu'il sait ce qu'on pense :

— Non, il a eu une attaque hier à midi et il
est mort cette nuit. Il est mort, bien mort. On l'a
habillé, je l'ai veillé jusqu'au matin. Je vais à la
mairie faire les formalités, puis au curé, pour
l'heure.

Fonse est resté une minute là, puis il lui est venu
des couleurs aux joues et il m'a dit, bien rapide-
ment :

— Au revoir.

Je l'ai vu entrer chez lui. Il en est ressorti un peu
après et il est allé de droite et de gauche parler avec
les femmes. Alors, il a ouvert la porte de sa remise,
il a attelé l'âne, il a chargé sur la charrette une
grosse hache, une corde, un couteau-scie, une faux,
et, tirant l'âne par le museau, il est parti du côté de
la Maussan.

*

J'ai revu Fonse ce soir. Il m'a dit :

— J'en laisserai cinq ou six, de ces arbres. Pas pour la récolte, non, seulement parce que, si le Jofroi me voit, de là où il est, il se dira : « Ce Fonse, quand même, à bien regarder, c'était pas un mauvais homme. »

Philémon

Autour de Noël les jours sont paisibles comme des fruits alignés dans la paille. Les nuits sont de grosses prunes dures de gel ; les midi de petits abricots sauvages, aigres et roux.

C'est le temps des cueillettes d'olives ; pour une fois, la charrette prendra le mauvais chemin de la colline et il faudra tirer le mulet par le museau pour le faire avancer.

C'est le temps des tueries de cochons. Les fermes fument ; dans la buanderie on a enlevé le tonneau à lessive, on a accroché le gros chaudron, et l'eau bout, et, quand on rentre de promenade, au versant du soleil, on rencontre Philémon.

Il me dit :

— J'ai mis un article dans le journal. Oui, parce qu'on avait fait courir le bruit que j'étais trop vieux cette année. Alors, vous comprenez...

Je comprends ; j'ai lu l'article. Ça disait : « Monsieur Philémon prévient le public qu'il est toujours capable de tuer les cochons pour le monde. »

— Ah! vous l'avez lu. Comme ça, on sait que je fais toujours le travail.

J'ai rencontré Philémon dans le chemin creux,

et c'était nuit tombée ; il avait à la main l'étui de bois où il met son couteau. Je l'ai reconnu tout de suite à l'odeur de tripaille et de sang qu'il porte avec lui.

— Moi, je ne sens rien, c'est l'habitude. Ma femme ne sent rien non plus ; c'est peut-être parce que toute la nuit je suis avec elle et que sa peau a pris le goût aussi. Je crois que c'est ça. Mais la petite est comme vous. De tout ce mois il n'y a pas moyen de l'embrasser. Elle me dit : « Tu sens le mort. »

Cette odeur de meurtre est si forte qu'il ne peut pas s'approcher des soues, ni donner la main. Il attend là, près du chevalet et de la bassine. Le chien vient, le renifle, puis file, la queue entre les jambes. Et, de là-bas, il surveille. Si l'homme bouge, s'il éternue, s'il met la main à la poche le chien hurle brusquement un long hurlement qu'il fait monter vers le ciel, le cou tendu, la gueule en l'air.

Philémon connaît tout ça ; il sait aussi que le cochon est un animal qui s'inquiète vite et pour peu de chose, et que, le chien, ça va compliquer l'affaire ; alors, il reste là immobile, dans un coin de la cour, avec son grand couteau caché derrière son dos.

*

— Vous vous souvenez de la fois de Moulières-longues ?

Il rit. Je dis :

— Vous ne voulez pas que je m'en souvienne ? Je suis resté longtemps sans pouvoir m'empêcher d'y penser.

— C'était risible.

— Ça n'était pas si risible que ça ; vous avez l'habitude, vous, mais moi et puis les autres...

— Parce que vous vous faites des idées et qu'une fois qu'elles sont faites vous tapez toujours sur la même. Qu'est-ce que c'était, après tout ? Un cochon comme un autre.

— Oui, mais juste à ce moment-là.

— Oh, le moment... le principal, c'était de tuer le cochon avant qu'il soit mort. Ça vous fait rire ? C'est comme ça. J'aurais pas été là, c'était foutu. Ça pressait, vous savez.

*

Ce jour-là, à Moulières-longues, on mariait la fille. Il faut que je vous dise d'abord deux choses : Moulières-longues c'est une ferme toute isolée, perdue dans une espèce de cratère des collines et tout y prend beaucoup d'importance en raison de ce que la vue d'alentour n'est pas belle mais renfrognée. Ça, c'est la première chose. La seconde, c'est qu'aux Moulières-longues on avait beaucoup de sous. Le père Sube était renommé. Alors, au lieu de garder sa fille pour la terre il s'était laissé monter le coup et il l'avait mise à Aix, à l'école. Blanchette Sube, grande et pliante comme du jonc, jolie figure, mais, depuis, elle me tenait un peu de loin. Là-bas, elle s'était trouvé un fils de professeur ou d'huissier, ou... enfin, blond et comme elle : assortis. Deux pailles. Un coup de vent et plus personne.

J'étais de noce parce que Sube est depuis toujours ami avec la famille. Il y avait Philémon : c'est

un cousin au quatrième degré. Et puis du monde
de partout ; et la mère du jeune homme qui pinçait sa robe et la relevait pour marcher dans l'herbe
propre. On était peut-être trente. Ce que je sais,
c'est qu'à la fin, pour le dernier char, il ne restait
que les « novi », le père Sube, Philémon et moi.

— Montez toujours dans le char, dit Sube ; je
jette un coup d'œil aux cochons et je viens.

Il entre à l'étable, il ressort presque tout de suite
et il crie :

— Philémon, arrive un peu.

Nous trois, nous restons sur le char.

Au bout d'un moment, le petit monsieur demande :

— Qu'est-ce qu'on attend ?

Moi, j'avais déjà vu Philémon passer en courant,
puis revenir sans son veston et avec une bassine et,
avant d'entrer à l'étable, il avait posé sa bassine
par terre, puis il s'était arraché son plastron ami-
donné.

Je dis :

— Je ne sais pas.

Sube crie encore :

— Chette, apporte-moi le gros couteau... le tiroir de la table... dans la cuisine... vite.

Si vous aviez vu son œil rond à Chette.

Je passe les guides au petit monsieur :

— Tenez un peu le cheval, j'y vais.

Le cochon était couché sur le flanc. Malade.
L'apoplexie. Il essayait de respirer en battant de la
bouche comme un poisson dans l'herbe mais ça
gargouillait comme un tuyau bouché.

— Donne le couteau, fait Philémon, et attrape
les pattes... couche-toi dessus.

J'avais le beau costume, mais je sais ce que c'est ;
je me couche.

— La bassine... sous la tête... plus haut... quelqu'un pour remuer le sang... ne lâche pas les pattes.

— Blanchette, hurle Sube, tu viens ou je vais te chercher ?

Et Philémon saigna le cochon. Le sang d'abord boucha le trou comme de la poix mais Philémon se mit à vriller avec le couteau et ça pissa rouge, clair, en bel arc, comme d'une fontaine qu'on débouche. Avec un petit balai de bruyère, Blanchette remuait le sang dans la bassine. Elle détournait la tête ; elle avait des haut-le-cœur qu'elle retenait dans sa bouche avec son petit mouchoir brodé. Elle était presque aussi blanche que sa robe. Je dis presque ; et si sa robe paraissait plus blanche c'est qu'à son beau milieu il y avait une grosse tache de sang.

— C'est rien, ça, dit Sube, un peu radouci parce que l'affaire avait l'air d'aller. On mettra une épingle, ça ne se verra pas.

Joselet

Joselet s'est assis en face du soleil.

L'autre est en train de descendre en plein feu. Il a allumé tous les nuages ; il fait saigner le ciel sur le bois. Il vendange tout ce maquis d'arbres, il le piétine, il en fait sortir un jus doré et tout chaud qui coule dans les chemins. Quand un oiseau passe dans le ciel il laisse un long trait noir tout enlacé comme les tortillons de la vigne. On entend sonner des cloches dans les clochers des villages, là-bas derrière les collines. On entend rentrer les troupeaux et ceux qui olivaient les dernières olivettes des hautes-terres s'appellent de verger en verger avec des voix qui font comme quand on tape sur des verres.

— Oh ! Joselet, je lui dis.

— Oh ! Monsieur, il me répond sans détourner la tête.

— Alors tu regardes le soleil ?

— Alors oui, vous voyez.

Le soleil est maintenant en train de se battre avec un gros nuage tout en ventre. Il le déchire à grands coups de couteau. Joselet a du soleil plein la barbe comme du jus de pêche. Ça lui barbouille tout l'alentour de la bouche. Il en a plein les yeux et plein les joues. On a envie de lui dire : « Essuie-toi. »

— Alors, tu le manges ce soleil ? je lui dis encore.

— Eh! oui, je le mange, dit Joselet.

Vraiment il s'essuie la bouche du revers de la main et il avale sa salive comme s'il l'avait parfumée d'un gros fruit du ciel.

Et quand il n'est plus resté que ce jour vert de devant le soir et, là-bas dans les pins de la colline, une petite goutte de lumière toute tremblante comme un pigeon, Joselet m'a expliqué.

— Ça, il m'a dit, c'est ce que j'ai su avant tout. le reste. Vous avez entendu dire que je suis le maître de la pluie et que j'endors les brûlures rien qu'avec la salive ? Vous avez entendu dire que, quand on a le cordon de Saint-Antoine et qu'on a tout fait, et qu'on est fatigué de tout, on vient me voir, que je touche juste un peu l'homme ou la femme à l'endroit de la ceinture et que le mal s'en va ? Je m'essuie à un torchon, on brûle le torchon et c'est fini. On a dû vous dire aussi qu'avec le mot, si on a un membre déboîté, je le remboîte. Si vous avez de l'amour, à vous tourner, à vous retourner comme sur le gril, alors vous venez me voir, nous nous entendons, je vous fais la grande lecture des étoiles, je vous mets un peu la main derrière la tête, et la femme, la voilà dessous vous, tout de suite, dans le moment, même si elle est au fond des êtres. Bien entendu, je vous fais ça une fois, pour vous contenter, puis après c'est vous qui avez la parole. Je vous donne le nécessaire, c'est mon secret, et si vous faites bien ce que je vous dis, elle ne peut pas résister, elle vient et vous vous arrangez avec elle.

Je l'arrête :

— Dis, Joselet, c'est pratique ça?

— Si c'est pratique? Je vous crois que c'est pratique!

— Tu t'en sers, toi de ça?

Il tourne en plein vers moi sa grosse figure de sauvage roux. Il a un rire de silence tout blanc et rouge sous sa barbe.

— Je m'en suis servi, mais maintenant...

Il imite avec sa main l'aile d'un oiseau qui vole :

— ... ça m'a passé!

« Oui, ça m'a passé, j'y ai mis du temps mais j'ai tout quitté de ce qui est l'envie des femmes, ça me gênait. Ça vous fait perdre des forces. Ça semble pas : on y prend goût, c'est bon, ça a l'air d'être bon. Un beau matin, vous tapez du doigt contre votre front. Ça sonne vide. Vous dites : " Oh! comme je suis léger; oh! comme je marche; oh! comme je saute! " Vous êtes tout vide. Ça vous a tout détraqué l'intérieur. Moi, justement j'avais besoin de la force. De la force et de la force, au plus j'en avais mieux ça valait. Alors j'ai fermé le robinet.

— Tu as fait un gros sacrifice, je lui dis.

— Gros sacrifice, vous dites? Je vous crois.

Il a un regard sérieux de ses yeux jaunes, puis ça s'élargit en un sourire.

— Mais ça valait la peine.

Il reste un moment sans rien dire. Il regarde le grand taillis, là-dessous, qui commence à bouger dans sa vie de nuit. Moi aussi je regarde le taillis.

— Oui, ça valait la peine. Asseyez-vous. Je vais vous expliquer. Le monde, vous voyez, c'est une grande machine. Il y a des rouages, et des ressorts, et de la vapeur qui fait tout marcher. Il y a des roues avec des dents, ça fait tourner d'autres roues avec

des dents, et ainsi de suite, tout le rond de la chose :
les arbres, les bêtes, les pierres, nous, le ciel, la colline, la Durance, la mer, les mers qui sont dans les
étoiles, les montagnes des étoiles, les bêtes de la lune,
jusqu'à des petits vermisseaux qui sont en bas, dans
le fond du ciel, là où il n'y a plus de terre mais rien que
de la boue de ciel faite avec toute la poussière du
monde et l'égouttement de toutes les mers qui
tournent. Vous voyez ça ! Quand on sait ça, on sait
beaucoup, mais on ne sait pas tout. Puisque toutes ces
roues sont emmanchées les unes dans les autres,
quand une tourne l'autre aussi. La grosse bouge
juste un peu, la petite fait trois tours, la plus petite
fait vingt tours, l'un peu plus grosse ne fait qu'un
tour. Vous me comprenez ? Alors voilà : vous regardez
la grosse roue. Elle bouge juste un peu. Vous vous
dites : « La petite là-bas va faire trois tours. » Juste
à ce moment-là elle les fait, mais l'autre là-bas qui
est bien plus loin, la plus petite avant qu'elle fasse
ses vingt tours il y en a pour un moment. Alors
vous dites : « Cette roue là-bas va faire vingt tours. »
On regarde. On attend, elle fait vingt tours. Alors
on vous regarde, on dit : « Il a deviné, vous me
comprenez ? » Il n'a pas deviné, non, il sait. Parfois le mouvement pour qu'il aille de cette roue
qui tourne sous vos yeux jusqu'à cette autre roue
là-bas, il met deux ans, dix ans, vingt ans : alors à
l'avance, vous savez, voilà toute l'affaire, voilà
pourquoi, moi, si je voulais, je vous dirais sur vous
mille choses qui arriveront, c'est fatal, des bonnes
et des mauvaises, et sans me tromper.

— Joselet, j'aime mieux pas savoir. Laissons
faire, j'ai peut-être tourné la grosse roue...

— Vous m'avez mal compris : c'est pas vous
qui tournez la roue. Vous êtes la roue. Vous avez

fait ci ou ça ; il vous arrivera ci ou ça parce que votre mouvement... Mais là n'est pas la question, et puis, vous...

Il se met à rire.

... et puis vous, vous n'avez pas fait le gros sacrifice, et j'aurai beau vous expliquer, vous n'arriverez pas à savoir, à moins que...

— À moins que je me décide à faire ce gros sacrifice ? Tu sais, Joselet, tu me tentes.

— Non, ça pour vous c'est pas possible, à moins je veux dire que vous entassiez de la force dans vous.

— Là, Joselet, je suis ton homme. Tous les matins je fais une heure de travail à la hache, et puis des marches dans les collines, et puis je mange...

— Pas de cette force là. Celle-là, tout le monde...

— De quelle force ?

— La force du soleil. Se mettre là en face du soleil. Là, le soir quand il n'est plus trop chaud. Et puis en manger, en manger, tant qu'on peut, vite, vite, bien se remplir de soleil. Alors, la force on ne l'a pas dans les bras. On l'a dans la tête et on sait comment se fait la vie.

Le crépuscule est venu. Le ciel maintenant est paisible comme un pré et les cueilleurs d'olives sont rentrés aux maisons, les cheminées fument bleu.

— Joselet, je dis doucement, Joselet, est-ce que ça vaut bien la peine tout ça : le gros sacrifice, et puis manger le soleil ? Un homme et une femme qui s'aiment, c'est simple et ils la font, la vie. C'est ceux-là qui font la vie. Moi, j'aime une femme, elle m'aime. Je fais la vie, un enfant...

— Oui, dit Joselet (il lève sa main en l'air), oui, mais c'est la vapeur qui vous fait marcher, c'est le rouage, c'est la roue. Vous êtes la roue, elle est la roue. Et ça, il n'y a que Joselet qui le sait, que Joselet.

Il se dresse. Hors de l'herbe, il n'est plus qu'un homme gros comme un cep avec des jambes comme des fils, des bras de fumée et, sur ses épaules d'oiseau, sa grosse tête ballote comme une courge.

Sylvie

D'ici je la vois. Elle est là-haut sous les oliviers, debout, le pied gauche planté de biais dans la terre pour tenir ferme contre ce vent d'Alpe qui joue dans ses jupes. Elle fait le bas. Elle s'applique. Je vois sa nuque toute ronde comme celle des petits agneaux et ce beau paquet de feuilles rousses qui sont ses cheveux. Un frelon la serre dans son vol rond. Elle se croit seule. Elle bouge un peu la main. Elle dit : « Allez, va t'en » et le frelon s'en va.

J'ai entendu la clochette de son vieux mouton. On ne lui donne pas de bélier à elle. D'abord parce que c'est une fille, après parce que c'est Hélène, après parce que pour ses vingt brebis qu'elle a à garder, et là, sur le flanc tiède de cette colline il n'est pas nécessaire de déranger un bélier.

J'ai pensé : Sylvie est là-haut. Ça m'a fait quitter mon coin de soleil et prendre le vent. C'est un vent lent, plat et pointu comme un couteau, et bien lent à entrer, bien posé sur les scabieuses et sur les oliviers. Il va de son pas, il fait son travail. Il gèlera cette nuit.

Oui, j'ai pensé : Sylvie est là-haut. Et alors... ça m'a fait ressouvenir de cette après-midi où elle est revenue de la ville. Moi j'étais arrivé presque sur ses talons, sans savoir. J'entre à la ferme. Je la vois. Ça faisait plus de cinq ans. Elle était là, assise toute seule à la table. Elle n'avait enlevé ni son manteau en belle chose, ni son chapeau de satin ; elle tenait dans ses petits doigts un grand bol tout fumant de bonne tisane ; ça sentait l'hysope et le fenouil bouillis. Debout devant elle, les mains au tablier, la maman la regardait boire ; debout à côté d'elle, le père la regardait boire et suçait sa pipe. Comme j'entrai elle me regarda par-dessus le bol sans s'arrêter et on tourna vers moi des yeux qui disaient :

— Pas de bruit, elle boit.

Et je restai près de la porte.

Le bol sur la table et quand elle eut soupiré : ah ! contente, en nous faisant passer tous les trois dans son regard, j'eus son visage.

Je me dis :

— Jean, c'est une femme. Ce n'est plus une demoiselle. (On dit comme ça ici pour la fille qui est fille. Vous comprenez ce que je veux dire ? Fille souple, fille belle, fille neuve pour tout dire.) Il y avait dans sa bouche, dans son regard, dans sa chair, des choses marquées qui ne pouvaient pas me tromper.

Et en moi-même je répétais : « Sylvie, Sylvie, qui aurait dit ? » Et puis : « C'est la vie, tu n'aurais pas voulu ?... Tu es jaloux ? C'est la vie ; c'est ça l'ordre du monde ; c'est ça, la loi. C'est une femme ; eh bien, et puis ?... »

Ce jour-là, je ne connus que les marques du visage : un petit dessin en étoile, là, sous les yeux, fait avec des plis de la peau ; ses lèvres qui par moments se gonflaient dans leur milieu et ce gonflement courait tout le long des lèvres comme quand on cherche à embrasser. Ses mains aussi portaient les marques bien visibles pour moi qui l'aimais.

Elle ne le saura jamais ; et puis, qu'est-ce que je suis moi ?...

Enfin, tout compte fait, quand je sus qu'elle restait là de nouveau « Aux Chaussières » et qu'elle avait demandé ses anciens costumes, et qu'elle avait effacé ce rouge des lèvres, moi je m'en vins sur mes larges pieds.

Je dis ça parce que je suis un sauvage. Vous comprenez que c'est forcé : toujours tout seul avec mes lavandes et mes ruches, et justement cette habitude de l'abeille qui veut des gestes lents et des choses bien pleines de précision, ça m'a fait une démarche lourde et on croit que j'ai de gros pieds.

Ça n'est pas vrai. Je les ai regardés au ruisseau. Non, ils ne sont pas gros : ce sont des pieds d'homme, bien sûr, mais ils sont étroits du milieu et puis tous les doigts sont étalés.

Alors, voilà que de fil en aiguille, et comme d'un sillon à l'autre, on s'est mis à parler, non, elle s'est mise à parler. Moi, je disais : « Oui demoiselle, non demoiselle. » Et voilà tout.

Ainsi j'ai su. Ah ! ça n'est pas beau. Elle croit encore que c'est beau, que c'était beau. Et quand je lui dis : « Mais, pourquoi faisait-il ça ? » elle me dit : « Il m'aimait, tu sais », et moi je dis : « Oui demoiselle », et en moi « non demoiselle ».

Elle ne sait pas. Elle n'a pas eu les bonnes leçons, les leçons de la chienne et du chien, et de l'oiseau et de l'oiselle, et de tout le rond mélange qui forme cependant à cette heure le fruit du monde.

Elle fait son bas en gardant les moutons. Hier elle me disait : « Tu vois, quand j'ai commencé, j'étais encore toute en nerfs, et je sautais des mailles, regarde! Mais maintenant je m'applique, c'est tout uni, ça va bien mieux! »

Oui, ça va mieux : le jus du ciel est en train de couler dans elle.

Et moi je suis là dans l'herbe à la regarder ; je suis tout enfoncé dans les herbes jaunes. Elle ne me voit pas. Elle ne peut pas me voir. Elle ne me verra jamais.

Moi, je la vois.

Babeau

Je lui dis :

— Babeau, c'est bien ici que le Fabre s'est noyé ?

Elle se met à rire ; elle regarde ses moutons ; elle me regarde ; elle rit.

— Ah! Monsieur Jean!

Je m'approche, et, pour l'amadouer je le prends aussi au badinage.

— C'était bien une idée à lui de monter à la colline pour se noyer!

C'est en effet sur une de ces pentes en éventail qui sont la source des torrents, à deux doigts du plus haut sommet de la région. Il y a là comme une grosse verrue d'herbe rase et, sur cette verrue, le cadavre d'une ancienne ferme. Un beau cyprès aussi, près de murs morts, et c'est là-dessous qu'on est.

Ce qui m'a fait penser de demander ça à Babeau, c'est qu'en montant j'ai vu le réservoir, un bassin souterrain, tout dans l'ombre. Quand on se penche à la porte, parce qu'il y a une petite porte basse qui donne au ras de l'eau, rien que votre respiration ronfle là-dedans ; il semble qu'on souffle dans une corne de bœuf. Si on s'arrête de respirer, on entend une goutte d'eau qui fait : glout, glout, comme une horloge.

— ... oui, ici, tout en haut, je dis encore pour amorcer Babeau.

Elle compte à haute voix : quatre, cinq, six, les mailles du bas qu'elle tricote. Puis :

— Attendez, j'en suis aux diminutions ; ne me faites pas tromper.

J'attends. Il y a du beau jour et les moutons sont à l'aise dans cette herbe.

— Voilà, dit Babeau, pour vous en revenir à cette chose du Fabre, vous savez que c'est moi qui l'ai trouvé ? Ah ! je vous assure, il y avait de quoi rire. Ça s'est fait comme ça, à la bravade. Ah ! je vous dis, ça a été tellement bête que j'ai pas pu m'empêcher d'en rire. J'étais là où je suis, là, sous l'arbre. Il faisait un vent ce jour-là ! Et ici on l'avait de premier abord et bien méchant parce que c'était la première égratignade d'arbre qu'il avait. Un bruit que je m'en disais : « Babeau, tu vas devenir sourde. »

« Lui, il était en bas à couper des petits chênes. Tout d'un coup il monte. Il me vient dessus ; il me dit : " Tu ferais bien de t'en aller ". Je lui dis : " Oh ! ça n'est pas encore quatre heures ". Il me dit : " C'est pas pour les quatre heures ; si tu restes là, tu vas me voir mourir — Ah ! va, mourir ! " je fais, et je relève les yeux. Il était devant moi, là, à ce tas de pierres, tenez, juste, bien tranquille, rasé de frais, la moustache un peu en l'air, la joue saine comme tout le monde. " Que tu es bête ", je lui dis. Je me rabaisse sur mon bas et je l'entends qui part. Je me pensais : " Cet homme, quand même, qu'il est bête, qu'il est bête ! Pas vilain, mais qu'il est bête ! " Et puis alors, le bruit du vent dans l'arbre ça m'a bouché les oreilles, et les aiguilles ça a tenu mes yeux, et ça a duré ; j'ai fait un travers de main de mon bas, puis au soleil j'ai vu que c'était quatre heures et j'ai appelé mes moutons.

« En descendant, devant le réservoir, je vois le chapeau de Fabre, et puis son corset, et dessous son corset sa montre. J'ai dit : " Il est encore plus bête que ce que je croyais. " J'ai passé la tête au portillon. Pardi, il était là, allongé au-dessus de l'eau, tout tranquille. Il avait dû, avant, saccager cette eau avec ses bras et ses jambes ; c'était tout éclaboussé contre les murs et le plafond, et la mousse du fond s'était arrachée ; il y en avait un gros morceau sur la pierre. Ce qui m'a fait rire c'est que, dessus sa joue, une petite grenouille s'était installée. Elle avait une brave peur ! Il a fallu que je voie ça, à mon âge ! »

Le mouton

Félippe s'en va à ses amandiers ; je l'ai vu sur la place qui prenait le vent, à renifler, le nez en l'air, à bien regarder les quatre coins du ciel et, ce qu'il a vu l'a décidé. C'est un vent qui veut travailler ; quelqu'un de lourd, qui vient de la mer, avec de beaux nuages gras. Ça fait l'affaire.

Je suis descendu, j'ai fait les grands pas sur le chemin où Félippe va de son pas à lui. C'est bien Félippe tout entier, ce lent mouvement de jambes, cette tête qui fait gauche, droite en même temps, cette façon de porter la bêche, l'acier plaqué sur l'épaule, le manche dardé en avant ; l'outil se tient tout seul, les mains libres au chaud dans les poches. Je le rejoins ; il me dit :

— Je vais aux amandiers ; s'il pleuvait un peu, après ça irait bien. Moi, je m'arrange toujours pour tout faire de moitié.

— Comment, vous partagez avec le gendre ?

— Non, c'est pas ce que je veux dire ; je veux dire qu'on fait tout de moitié : un peu moi, un peu le temps. Moi, je vais faire les ronds autour des pieds ; le temps fera la pluie. Entre la pluie et les ronds, nous arriverons bien à faire les fleurs.

— Ah! oui, comme ça, je vois, mais vous n'avez pas tout réfléchi ; il n'y a pas que vous et le temps, il y a l'arbre aussi.

— L'arbre? C'est exprès que je ne le compte pas. On voit que vous ne les connaissez pas. Si on n'y était pas, ça ferait tout à sa fantaisie. L'arbre, c'est tout en fantaisie. C'est intelligent, je dis pas ; ça comprend des choses... mais c'est comme des bêtes, ça passe son temps à l'amusement. Je vais vous dire. Vous savez où il est, mon verger? Là, au bout du plat. Le vent froid, ça le reçoit en plein. Alors, depuis avant la Noël, vous avez vu comme il faisait doux? Bon, eh! bien, vous verrez. Il y en a deux ou trois qui sont fleuris ; si c'étaient des jeunes encore, ça va, il y aurait l'excuse, mais des vieux! Et alors, ils ont l'air de trouver ça très bien. Ils ne le font pas en cachette, non, ils font ça comme ça, pour la gloire, pour dire : vous voyez, moi, si je suis fort! Je suis le premier. Ils sont comme ça, vous savez, les arbres. Et puis, dès que le mistral commencera, ils feront Jésus. Les autres, avec leurs fleurs pliées, ça leur sera facile ; ils bomberont le dos puisqu'il est comme ça, ce vent, qu'il veut qu'on bombe le dos, qu'on n'ait pas de fleurs ; ça leur sera facile. Ceux-là, pour avoir voulu faire de la fantaisie, d'abord ça les gèlera, et puis comme c'est leur orgueil, ces fleurs, ça tiendra les branches raides, ça voudra faire les malins et ça se fera casser les branches. J'en ai vu qui en sont morts de ça.

Nous arrivons au rebord du plateau. Il y a dans la terre les grands coups d'ongles des orages et des cicatrices toutes fraîches, et des ravins un peu guéris avec une croûte de jeunes arbres. Je descends jusqu'à la vallée en bas. On voit le dessus des toits de deux villages presque en face, un de chaque côté du

torrent et un pont. On voit le torrent avec son eau
bleue toute divisée dans son lit de pierre ; et puis
les champs dans la vallée qui ressemblent à ces tapis qu'on fait pour le pied des lits avec des morceaux d'étoffes de tous les vêtements qu'on ne met
plus. Vous savez, on coud les morceaux ensemble
à gros points ; il y en a de toutes les couleurs, et
puis du velours, de la toile, de la laine, du drap, de
la soie ; des fois, un bout de chemisette...

— Tenez, la chemisette, me dit Félippe, ça se-
rait ce champ, là-bas, que je crois que c'est le champ
du Belin de la Bégude. Vous le voyez avec ses petites fioritures. Ma femme avait une chemisette
comme ça quand elle était fille.

Nous avons marché sur le bord du plateau, puis
Félippe a dit :

— Je vais vous faire voir le mouton.

— Un mouton mort ?

— Ah ! Je ne sais pas s'il est mort, mais je vais
vous le faire voir. Venez, il faut qu'on soit ici.

Ici, c'est un promontoire qui lance sa pointe sur
la vallée. On domine tous les contreforts de la colline.

Il pointe son doigt.

— Tenez, vous le voyez, là ?

Je regarde : ce sont des collinettes et des bois de
chênes verts. Je dis, de bonne foi : « Non, je ne le
vois pas. » Et cependant, je connais mon Félippe,
mais je cherche un mouton véritable. Il y a des
fois, comme ça, où l'on se laisse prendre.

— Vous ne le voyez pas ? Vous ne le voyez pas,
là ? Regardez, il est couché à plat ventre, ses pattes
repliées dessous lui. Vous voyez, là, on voit sa
cuisse de derrière. Sa queue, c'est cette grande
touffe d'arbres qui est là-bas vers la ferme d'Anatole.

Vous le voyez le mouton ? C'est un vieux : regardez,
dessus son dos, c'est tout pelé ; il ne reste que ces
pompons de genévriers sur les flancs, que ça imite
bien la laine. Vous voyez, là, on dirait bien les
pattes de devant pliées. Le mouton, ça a des pattes
comme un mètre pliant, ça se plie recta. Et puis
alors, vous voyez, là, son cou tout allongé sur le
flanc du plateau ; il va cacher sa tête, là, dans la pi-
nède. Vous le voyez ? N'est-ce pas que ça imite
bien ?

Oui, ça imite bien, c'est une colline couchée
comme une brebis lasse dans les boues du torrent ;
son cou s'allonge vers nous, tout déroulé ; on cherche
même sa tête, là-bas sous les pins. C'est une brebis
qui tient ses quatre kilomètres de long et au moins
ses deux de large, depuis le val de Fontenouille
jusqu'à la ferme des Garcins.

— Vous voyez ? me dit Félippe. Il ne respire pas,
le mouton. Il doit être mort, comme vous dites.

Il reste un moment muet, puis :

— Ne dites pas le contraire, ça ressemble bien
à un mouton, pas vrai ?

Puis, il continue sa pensée, ou bien il saute dans
sa pensée à autre chose, ou bien... on ne sait jamais avec Félippe.

— J'ai porté mon couteau-scie. Vous voyez mon
quatrième arbre là-bas ? C'est toujours celui-là qui
fait la fantaisie ; je vais un peu lui couper quelques
branches, ça lui fera voir que c'est moi le maître.

Au pays des coupeurs d'arbres

Il y avait une olivette. Ah! il y avait aussi, dans le vallon tout mollet d'herbages, une allée de pins, un bosquet de cyprès et, au bourg, un boulevard sous des ormes.

C'est Saturnin qui me disait un jour :

— Cette olivette, regardez-la si elle est belle! Moi, des choses comme ça, j'en ai les paupières gonflées. La dernière fois, je ne me souviens plus de ce que ça me faisait voir. Aujourd'hui, vous voulez que je vous le dise ? Ça me fait penser à des nègres. Vous voyez : des petits nègres pas gras, des nègres de la campagne avec, tous, des pleines fourchées de foin sec sur la tête. Vous voyez : ils montent la colline. Ils montent la colline, vous voyez ; avec leur foin, ils vont nourrir quelque grosse bête de leur pays. De ces bêtes qui ont des peaux épaisses comme de la pierre.

L'allée de pins partait d'un champ, aboutissait dans le vide d'un champ, sans motif, comme ça... Mais elle était juste dans l'orient d'un fil perpétuel de vent. Elle sonnait comme un beau ruisseau souterrain avec des grondements de caserne. Elle était fraîche, sombre, souple.

La cyprière, quand on y entrait, elle était comme un calice de fleur avec un pistil blanc : un socle de vieille pierre tout seul et qui suffisait. Et on en disait des : « Dans le temps c'était... »

On a tout coupé. Tout. Et, comme l'olivette faisait des manières avec ses grandes souches dures, on y est allé à coups de pétards de poudre noire. On a eu le dernier mot. Le boulevard!

Ces ormes l'habillaient. On voyait bien, par-ci, par-là, à travers les feuillages, la peau flasque et vieille des maisons et même d'inquiétantes sanies, mais c'était au-delà des arbres, au-delà des oiseaux... Ah! les oiseaux. Tenez, j'y pense. Aux nuits d'été, ces ormes abritaient deux chouettes, elles choulaient en trémolo une note qui faisait frémir toute l'eau du cœur. A seize ans, elles m'ont consolé d'un chagrin d'amour.

On a coupé les ormes ; le boulevard est nu. Il est là, maintenant, jaune et sale, tout bubelonné d'une tumeur d'usine qui suinte des vapeurs et des eaux lourdes.

On a passé toute notre terre à la tondeuse double zéro : le pays vient d'être condamné aux travaux forcés à perpétuité.

*

Je suis allé faire un tour en colline avec Jérôme, le vieux berger qui a quarante sous de rentes par jour.

— Jérôme, je lui dis, vous qui savez beaucoup de choses, vous voyez cette ruine de ferme? Le beau cyprès à côté? Je voulais vous demander : dans les collines, il y a toujours cet arbre à côté des fermes ; vous savez pourquoi, vous?

— Ah! mon bon monsieur, oui, je sais, je vais vous dire. D'abord, cette ferme, on l'appelait : *les Févettes* parce que, là, le terrain était bon pour les fèves. Si vous aviez senti cette odeur, au printemps, avec tout ça en fleurs! Et je vais vous dire, au général et puis au particulier de cette ferme-là. Au général, voilà : de mon temps, on plantait le cyprès, vous savez pourquoi? Parce que c'est un arbre beau chanteur. Voilà la raison. On n'allait pas chercher bien loin. On aimait cette musique de cyprès. C'est profond, c'est un peu comme une fontaine, tenez. Vous savez, l'eau des fontaines, près des fermes, ça coule, ça coule, ça fait son bruit, ça fait son chemin, ça vit, ça tient compagnie plus que dix hommes, et dix femmes n'en parlons pas. Ici, on ne pouvait pas se payer le luxe de faire couler l'eau tant et plus ; ici, on mesurait l'eau à la burette. Et pourtant, on avait besoin aussi de cette compagnie des choses qui ne sont pas l'homme. Entre parenthèse, je vous dis ça mais, moi, je l'ai bien tout réfléchi dans mon temps de pâture : celui qui ne sent pas ce besoin, faites une croix dessus et allez-vous-en ; c'en est un qui est mal fini ; sa mère a fait l'avare ; il est mauvais pour la fréquentation. Donc, pour nous remplacer la fontaine on plantait un cyprès au bord de la ferme, et comme ça, à la place de la fontaine de l'eau, on avait la fontaine de l'air avec autant de compagnie, autant de plaisir. Le cyprès, c'était comme cette cannette qu'on enfonce dans le talus humide pour avoir un fil d'eau. On enfonçait le cyprès dans l'air et on avait un fil d'air. On venait s'asseoir là-dessous, fumer, écouter. Ce bruit sur les soucis dans la tête, ah! que c'est bon.

« Maintenant, pour ce qui est du particulier de celui-là, précisément, de cyprès, je vais vous dire, j'ai été berger là, je le sais. On est allé le chercher, Firmin et moi, en bas dans le fond, vous voyez? C'était déjà un bel arbre, et lourd. Ça en a coûté de la peine pour l'amener ici. On a fait ça tous les deux, Firmin et moi, le jour où la femme de Firmin a eu son petit. Qu'est-ce qu'on faisait, là, et puis, on ne pouvait plus endurer ces cris. On est descendu, on s'est mis tous les deux sous l'arbre, et pousse que tu pousses, et glisse que tu glisses, et jure que tu jures, l'un contre l'autre, et les deux contre tous on l'a amené ici. Le petit venait de naître. Ça allait bien. On a fait le baptême là-dessous.

« Firmin est mort. La Madelon est morte. Le petit n'est pas revenu de la guerre. Il reste l'arbre.»

La grande barrière

Je viens de voir un des drames de la terre. J'ai fait les gestes qu'il fallait. Entendons-nous : pas n'importe lesquels, pas ceux de quelqu'un qui ne sait pas ; des gestes que j'ai appris lentement, avec tout le tendre de mon cœur, des gestes qui sont venus dans mes nerfs et mes muscles, petit à petit, à gouttes on pourrait dire, bien appris, bien dans mon sang, des gestes exacts. C'étaient de pauvres gestes d'homme. Je ne le croyais pas. Je l'ai su parce que, malgré eux, j'ai été arrêté par la grande barrière.

Depuis je me dis : « pourtant, toi... »

Eh, oui, même moi.

*

Il faisait une belle pluie. Un de ces énervements d'avril : de grands gestes de vent, puis des cinglées d'eau froide comme les mille lanières d'un fouet, un ciel bas à en voir tous les gonflements de muscles.

Mais, vers le soir, je mets ma pèlerine, je prends mon béret et je sors. Dans cette chambre pleine de fumée de pipe, je commençais à avoir des hallucinations de fond de mer. Deux gifles de vent me remettent d'aplomb. Je vois le temps tel qu'il est, je me dis : « Tu peux monter à la colline » et j'y monte.

C'est cette colline qui est là : ronde et belle, et lisse comme un sein. Mais elle a un nom : colline d'Aures, colline du vent. C'est vous dire que je ne choisissais pas l'abri.

Vers le sommet, le vent et la pluie s'enrageaient en tourbillons qu'on voyait se nouer dans les arbres. Un air noir coulait avec une colère de torrent. Un informe tonnerre râlait par là-haut dedans comme un gros crapaud. Les oliviers étaient dans une belle souffrance. Et cependant l'olivier est une plante dure, ça en a vu des peines et des chagrins. Ça a fait le compte de tout.

Il y eut un moment de calme. Un vaste jour blanc descendit sur la campagne comme un filet de pêcheur. Dans le ciel soudain sec de pluie mais encore frissonnant, un gémissement saccadé flotta.

Cela me fit l'effet d'un coup de poing en plein visage. Je m'arrêtai, je regardai. Je regardai surtout en direction d'une herbe haute d'où il me semblait que la plainte venait. Deux grands corbeaux montèrent de l'herbe. Je les reconnus. C'étaient de ces vieux sauvages des plateaux. Les vieux durs qui ont chassé le rat ou la marmotte pendant l'hiver et qui coulent dans le printemps vers nos collines plus douces, vers des proies plus savoureuses.

Ils s'étaient haussés de l'herbe, d'un simple coup d'épaule. Juste assez pour se poser dans l'olivier.

Le gémissement reprit. Les corbeaux me regardaient. Ils se mirent à craquer tous les deux comme des branches qui se cassent. C'était un avertissement. Alors, de l'herbe, monta un freux. Un gros freux râblé, de vol mou, qui s'empêtra dans une liane de vent, trébucha des deux ailes et tomba comme une épave dans le vide du vallon. Il n'y avait pas à se tromper : c'était une bête repue.

La plainte encore.

Je chassai les corbeaux à coups de pierres. Je m'approchai de l'herbe. On ne se plaignit plus. Je cherchai : il y eut un petit tressaillement du fourré qui me guida. C'était une hase. Une magnifique bête toute dolente et toute éperdue. Elle venait d'avoir ses petits, tout neufs. C'étaient deux éponges sanglantes, crevées de coups de bec, déchirées par le croc du freux. La pauvre. Elle était couchée sur le flanc. Elle aussi blessée et déchirée dans sa chair vive. La douleur était visible comme une grande chose vivante. Elle était cramponnée dans cette large plaie du ventre et on la voyait bouger là-dedans comme une bête qui se vautre dans la boue.

La hase ne gémissait plus.

A genoux à côté d'elle, je caressais doucement l'épais pelage brûlant de fièvre et surtout là, sur l'épine du cou où la caresse est plus douce. Il n'y avait qu'à donner de la pitié, c'était la seule chose à faire : de la pitié, tout un plein cœur de pitié, pour adoucir, pour dire à la bête :

— Non, tu vois, quelqu'un souffre de ta souffrance, tu n'es pas seule. Je ne peux pas te guérir, mais je peux encore te garder.

Je caressais ; la bête ne se plaignait plus.

Et alors, en regardant la hase dans les yeux,

j'ai vu qu'elle ne se plaignait plus parce que
j'étais pour elle encore plus terrible que les corbeaux.

Ce n'était pas apaisement ce que j'avais porté
là, près de cette agonie, mais terreur, terreur si
grande qu'il était désormais inutile de se plaindre,
inutile d'appeler à l'aide. Il n'y avait plus qu'à
mourir.

J'étais l'homme et j'avais tué tout espoir. La
bête mourait de peur sous ma pitié incomprise ;
ma main qui caressait était plus cruelle que le bec
du freux.

Une grande barrière nous séparait.

*

Oui, en commençant, j'ai dit : « Et pourtant,
moi... » Ce n'est pas de la fatuité, c'est de la sur-
prise, c'est de la naïveté.

Moi qui sais parler la langue des mésanges, et
les voilà dans l'escalier des branches, jusque sur
la terre, jusqu'à mes pieds ; moi que les lagre-
muses approchent jusqu'à m'avoir peint à l'envers
sur les globes d'or de leurs yeux ; moi que les renards regardent ; et puis d'un coup ils savent qui
je suis et ils passent doucement ; moi qui ne fais
pas lever les perdreaux, mais ils picorent sans lever
le bec ; moi qui suis une bête d'entre elles toutes
par ce grand poids de collines, de genévriers, de
thym, d'air sauvage, d'herbes, de ciel, de vent, de
pluie que j'ai en moi ; moi qui ai plus de pitié pour
elles que pour les hommes, s'il en est un pour qui
la grande barrière devait tomber...

Non, elle est là. Il en a fallu de nos méchancetés

entassées pendant des siècles pour la rendre aussi
solide.

*

Je crois que voilà d'utiles réflexions pour le
temps de Pâques.

Destruction de Paris

J'arrive de Paris. Hier, dans la nuit, le petit chemin s'est frotté contre moi. J'ai senti son herbe mouillée sur mes chevilles ; des ronces nues retenaient mon manteau. J'ai poussé ma porte. Mon chien sans race a bondi vers mon visage en lapant l'air à grands coups de langue ; mon chat a sauté sur mon épaule. Mon chat! Mon chat neuf! Un petit animal étrange feu et noir, un chat de branche, un chat sauvage venu il y a un mois du delà des choses terrestres, à travers les branches d'un arbre jusqu'à moi qui marchais dans les collines.

Il y avait une belle lune entière, toute à moi.

*

Je me souviens de cet homme rencontré boulevard Saint-Germain. Il venait d'arracher un journal à un marchand. Il avait eu des gestes précis pour ça. Main tendue, doigts prestes, un regard pour la pièce de cinq sous, pas de regard pour le journal, et maintenant il courait sur le trottoir, la feuille dans son poing. Il avait un visage tout crispé,

des yeux qui regardaient loin mais avec tristesse et
de la fatigue plein sa bouche. Il courait. Une course
d'homme des villes. Je le suivis de mon grand pas.
Je me disais : « Il est pressé, où va-t-il ? Où, le but ? »
D'un coup il s'immobilisa au coin d'un trottoir.
Plus de hâte, la fin. Le but était là. Un coin de trottoir quelconque. Pas même quelconque, à côté d'un
marchand de fromage ; moi qui ai l'habitude des
fumiers campagnards j'étouffais dans cette odeur
de camembert. Je voulais savoir le fin mot. J'attendis. L'homme lisait le journal. Il était toujours triste et
las. L'autobus arriva. D'un bond dont je ne le croyais
plus capable l'homme s'élança. Je le vis à travers
les vitres s'asseoir, regarder vaguement son alentour, reprendre son journal. L'autobus démarra
sur un coup de timbre.

C'est pour cet homme-là que je veux écrire ce soir.

*

Monsieur, mon cher ami, homme. Homme, voilà
comment je veux t'appeler, tu permets ? Homme,
ne cours plus, ne te hâte plus, j'ai vu ton but. J'ai
vu ton but parce que j'ai des yeux neufs, parce que
je suis comme un enfant, parce que je sais, comme
les enfants. Ne cours plus, tu as pris la mauvaise
route. Je t'ai regardé, je t'ai vu ; je sais regarder les
hommes et je ne veux pas croire que le but vers
lequel tu courais c'était ce coin de trottoir dans
l'odeur des fromages ou ce terminus de l'autobus
sur une place pleine de boue. C'était ce que tu
regardais là-bas, loin, avec tes yeux tristes. Écoute-
moi, je vais te dire tout ça à toi, bien doucement :
— Tu as vu, le soir, cette pâte phosphorescente

d'autos qui tourne sur la place de la Concorde. On dirait que quelque chose brasse cette pâte à grands coups ; ça crie, ça tourne, ça ne lève pas, ça n'a pas de levain, ça tourne puis ça s'écoule comme de l'eau claire et ça va croupir dans le fin fond des maisons. Tout ça, toute la ville, tout Paris se hâte et court comme toi vers le but. Aveugles! Vous êtes des aveugles. Courez, vous pouvez courir : le but est derrière votre dos. Il n'y a pas d'autobus pour cette direction. Il faut y aller à pied. Il faut qu'on vous prenne la main et qu'on vous dise : « Venez, suivez-moi! »

Homme, écoute-moi, je vais prendre ta main et te dire : « Viens, suis-moi. J'ai ici ma vigne et mon vin ; mes oliviers, et je vais surveiller l'huile moi-même au vieux moulin tout enfumé parmi les hommes nus. Tu as vu l'amour de mon chien? Ça ne te fait pas réfléchir, ça? Ce soir où je t'écris, le soleil vient de se coucher dans un éclaboussement de sang. Le mythe premier de la mort du soleil, je ne l'ai jamais lu dans les livres. Je l'ai lu dans le grand livre, là autour. J'étais un peu ennuyé hier matin parce que j'avais trois pigeons en trop dans mon pigeonnier. Trois ramiers tout fiers et tout roucoulants qui sont venus faire soumission au grain de ma main. J'ai là sous ma fenêtre la fontaine d'une eau que je suis allé chercher à la pioche.

C'est ça le but, c'est ça que tu regardais de tes yeux tristes, là-bas au fond de l'air. Viens, suis-moi.

*

Suis-moi. Il n'y aura de bonheur pour toi, homme, que le jour où tu seras dans le soleil debout à côté de moi. Viens, dis la bonne nouvelle autour de toi. Viens, venez tous ; il n'y aura de bonheur pour vous que le jour où les grands arbres crèveront les rues, où le poids des lianes fera crouler l'obélisque et courber la Tour Eiffel ; où devant les guichets du Louvre on n'entendra plus que le léger bruit des cosses mûres qui s'ouvrent et des graines sauvages qui tombent ; le jour où, des cavernes du métro, des sangliers éblouis sortiront en tremblant de la queue.

Magnétisme

J'ai rencontré, en bloc, ces hommes chargés de grosses forces. Je n'ai eu qu'à pousser la porte du petit café tenu par Antoine...

Depuis longtemps, je viens dans ce maigre village de montagne. Il est aux confins de ma terre ; il est aux lisières des monts, assiégé de renards, de sangliers, de forêts et d'eau glacée. De hautes pâtures dorment au milieu des nuages ; le ciel coule et s'en va sous le grand vent ; il ne reste là-haut que le vide gris et des vols d'aigles silencieux comme le passage des ombres. Les hommes qui habitent là sont peu nombreux : dix, vingt, mettons quarante en comptant ceux des hameaux perdus et les passagers, ceux qui entrent par une route, soufflent un coup là, dans l'abri des maisons et sortent par l'autre route. Et la terre, tout autour est large. Le terrible, justement, c'est ce large de la terre, cette nudité de la terre, cette solitude de la terre, là autour. Car, voyez : dix, vingt, mettons quarante, ça fait peu d'hommes pour habiter tout ça. Chaque jour il faut partir à son travail : c'est piéger la bête, couper l'arbre, faucher un regain dans quelque combe perdue ; ou bien, suspendu à l'épaule grise du Garnesier, marcher dans les pas chauds de quelque étrange bête de montagne faite de roches et de nuages.

Il y a donc beaucoup de ciel, beaucoup d'air entre ces hommes quand ils sont sortis du village pour leur travail. Ce qu'ils respirent, ça n'a pas le goût du déjà respiré. L'air qu'ils avalent ne sort pas du boyau des autres. Il est pur et à la source. C'est bon d'un côté mais c'est mauvais de l'autre, étant donné que cette pureté, il faut l'acheter avec sa solitude et son désespoir.

Vous, moi, et je dis moi par politesse, car justement mon plus grand orgueil c'est de l'avoir, ce magnétisme dont je vais vous parler, nous serions là, tout l'an, à faire notre jeu comme eux ; une étrange peur nous prendrait, à n'oser plus piocher dans la source à pleine cruche, ni battre un arbre de la hache.

J'ai poussé la porte du petit café tenu par Antoine et, en bloc, je les ai eus là, avec moi, ces hommes chargés de grosses forces, ces hommes qui portent le magnétisme de la terre, ces hommes qui ont trempé trop longtemps dans les épaisseurs de ciel et qui, maintenant, sont comme des éponges lourdes de ciel et le ciel est là sous leur langue et, rien qu'à ouvrir la bouche, voilà le ciel qui coule avec toute sa sagesse, à en avoir la respiration coupée.

Ah! Juste avant de venir ici, j'étais avec d'autres hommes — si on peut mettre un même nom sur le noble animal, mon frère, plein de poils, qui brasse l'accordéon là, devant sa bouteille de vin et l'artificiel de là-bas, tellement creux sous sa belle veste qu'il en sonnait comme un tuyau.

Et je me disais : «Si par quelque spasme de la terre tout, soudain, s'effondrait, sauf cet endroit, si tout à l'heure, en sortant de la " soirée " on trouvait à la porte la forêt vierge, la terre vierge, le ciel, le vent, la pluie vierges ; que tout soit perdu des découvertes, et de la science et de l'art, que nous soyons subitement en face du commencement, combien y aurait-il d'hommes véritables là-dedans? De ceux qui sauraient démêler la piste, choisir l'herbe, faire les pièges à viande, marcher avec les étoiles, se faire pousser par le vent, vaincre le froid, vivre enfin, vivre avec tout ce que la chose comporterait alors de courage; combien? Peut-être toi, je me disais; peut-être ton ami qui est là et qui est comme toi, ça ferait deux. Quel orgueil!»

Ici, j'ai poussé la porte du petit café tenu par Antoine, et maintenant que je suis là, si je pense à la même chose, je les vois tous, mes beaux hommes lourds des grandes forces. Je les vois tous ceux-là lourds du grand magnétisme de la terre et du ciel s'en aller dans un monde vierge avec le même équilibre d'épaules qu'ils auront tout à l'heure pour ouvrir la porte et s'en aller dans la nuit du vieux monde, dans leur village assiégé par les renards, les sangliers, les forêts et les eaux glacées.

*

Et c'est pourquoi, dans ce matin d'après, quand j'ai rencontré au seuil de la grange celui qui tordait de longs torchons de paille, et, les fixant avec de l'écorce de coudrier, les lovait en grands plats pour la pâtée des poules, c'est pourquoi je me suis approché et je lui ai dit:

— Montre-moi. C'est un beau travail; fais voir comment on fait.

Et en moi-même je disais:

— Oui, apprends-moi, apprends-moi, dis que tu veux bien, je t'en prie. Apprends-moi. Si tu refusais, je serais désespéré et nu.

Peur de la terre

Oui! Et je me suis dit : « A force de vivre dans le poil de la colline ça te passera. Regarde : ce n'est pas de la terre, ça se tasse sous ton soulier ; c'est une fleur ; c'est du vent ; c'est le plateau qui s'use et qui crie sous le vent comme du fer à la meule. De quoi as-tu peur ? »

Bon. Mais, été ou hiver, le large pays est là et j'ai beau faire et refaire mon compte, la grande terre me tient à sa merci.

Je me suis dit, aussi : « C'est dans ta tête. Tu vois à quoi on arrive en cherchant à aller au fond des choses! Laisse tout ça, fais-toi de la tranquillité en travaillant le sol pour la nourriture, comme tous ceux des fermes perdues autour de toi, comme Jacques, comme Clovis, comme Hugues, comme Sansombre. » Et alors, j'ai vu Sansombre justement ; et il se battait avec cette peur, la même!

*

J'étais descendu à Reillanne. Pas pour affaire, non, mais les mains aux poches, comme ça, tout d'un élan, parce que ce jour-là, le plateau avait sa méchanceté à fleur de peau. J'avais donné un coup de bêche au plus gras du jardin, et là-dessous c'était plein de souches de genévriers, grosses comme ma cuisse, et prêtes pour l'attaque. D'habitude je passe par les bois ; cette fois-là je prends la route : la route c'est un peu de terre domestique. J'entendais par là-bas devant une canne qui tapin-tapait, et je me disais : « Ce doit être, ou bien le facteur, ou bien je ne sais pas. » Mais je n'essayais pas de rattraper la compagnie ; cette peur de la terre ne vous donne pas envie de société, mais bien le dégoût de tout.

J'ai de bonnes jambes, et sans le faire exprès, je gagnai sur celui de devant. A un détour, je le vis, c'était Sansombre. Il allait faire quoi, à Reillanne, un jour comme ça ?

Ce village que je vous dis, c'est tout juste une rue tordue, et, alignés dans cette rue, l'épicier, le marchand de tabac, la petite poste, le café de la Fraternité, la maison des sœurs Mouranchon, et puis des soues, et puis des étables, et puis des fenêtres basses et derrière ces fenêtres des vieilles qui font le bas. Après ça, la rue débouche encore sur le plat de la terre ronde.

Je passe là ma matinée à regarder les maisons, à respirer l'odeur du fumier, à regarder un cheval qui allait boire seul à la fontaine. Et je me disais : « Ça, oui, c'est une bête qui compte! Tu aurais ça près de toi, tu saurais à quoi te raccrocher! » J'avais caressé le cheval. Il s'était tourné de deux pas de travers, et sans s'arrêter de boire il me faisait voir ses grands yeux troubles, troubles...

J'avais évité trois ou quatre fois mon Sansombre en train de faire la même chose que moi. Il entrait dans tous les magasins. Pas pour acheter : il entrait, il disait : « Bonjour, alors, comment ça va ? » On répondait : « Pas mal, et toi ? » et il répondait : « Oh, moi!... »

J'allai à la Fraternité. Bien au fond, dans l'ombre. Je demandai du vin. Sansombre entra aussi à la Fraternité ; il ne pouvait pas faire autrement. Il s'assit près de la fenêtre, il se fit servir une bouteille de vin. Il le but à pleins verres, en laissant un petit espace entre chaque verre, puis il demanda un deuxième litre. A un moment il regarda de mon côté, sans me voir, parce que, moi, dans mon ombre, je buvais doucement puis je posais le verre sur la table doucement, sans faire de bruit. Il regarda de mon côté, ses yeux étaient troubles comme ceux du cheval. On était que lui et moi, dans le café.

Il demanda des gros sous ; on lui en donna pour vingt sous ; dix gros sous de bronze étalés sur le marbre. Il les ramassa et il alla remonter le piano-mécanique.

Il fit jouer tous les morceaux, un puis l'autre, sans arrêt, puis il recommença. Il était là, sur sa chaise, carré d'aplomb, le corps droit, les bras pendants mais sa tête était penchée de côté sur son épaule comme le bout d'une plante malade. Et moi j'étais aussi comme ça, dans mon ombre.

La nuit vint. Dehors on alluma les trois réverbères à pétrole : un au milieu de la rue, un autre à chaque bout. La patronne du café faisait frire de l'oignon dans sa cuisine. Sansombre laissa des sous sur la table et sortit. Moi j'attendis un peu, puis j'appelai : « Patronne! » Elle ne répondit pas ; je laissai le compte, aussi, et je partis.

Sansombre avait de l'avance sur moi, mais je le trouvai au bout de la rue, arrêté au bord de la nuit, juste à la limite du fanal et de la nuit. Il regardait, par là-bas au fond de l'ombre notre terre damnée. Je m'arrêtai à côté de lui ; je me mis à regarder, aussi, un bon moment, et puis je dis :

— Oui, c'est là-bas !

Il tourna vers moi ses gros yeux troubles. Je compris qu'il pensait comme moi : « Et dire qu'il va falloir y aller ! »

Radeaux perdus

Dans une petite ville du Ventoux, on est en train de juger une famille de paysans. Le jeune gars a étranglé sa femme. Après ça, il a chargé la femme morte sur ses épaules et est allé la pendre comme une pintade dans l'escalier du grenier. Le père mangeait son fromage sous le chêne. Il a vu passer le fils chargé.

— Où vas-tu?
— Pendre l'Augusta.

Ça lui a paru tout naturel.

Cela doit assez mal se comprendre dès qu'on n'est plus en pleine terre. Je dis « pleine terre » comme on dit « pleine mer ». Ce vieux Rodolphe qui mangeait le fromage, c'est le capitaine de tout ça. S'il n'a pas bougé, s'il n'a vu qu'ordinaire dans ce fardeau de femme morte que son fils balançait en traversant les labours, c'est qu'il avait tout préparé de longue date. L'Augusta était riche et orpheline. Avant d'aller plus loin, et pour tout expliquer, il faut connaître le pays : des bois noirs, des collines rousses et sombres, des vals muets. Parfois, un oiseau passe. C'est une pie que le vent a apportée, qui lutte contre le vent

pour retourner à son pays puis qui se laisse couler au
fil parce que, d'en haut, elle a vu au-delà des collines,
de larges pays roux et verts. Il faudra encore attendre
un grand vent avant de revoir un oiseau. Les terres
sont couvertes de chênaies basses. Le chêne met
longtemps à faire ses feuilles. Il met longtemps à les
perdre et il les garde mortes longtemps sur lui. Il y a
à peine deux mois de feuilles vertes. Le reste du
temps, il n'y a pas de voix dans le pays, pas de chansons d'arbres, seulement ce bruit d'os secs et de
pierrailles, quand le vent coule dans les chênaies.
La ferme, je la connais ; cramponnée à la terre
comme une bête basse, un dos de pierre aux gros
muscles, et, soufflant dans la poussière noire des
schistes, une petite tête qui est une soue à cochon.
D'étroites fenêtres, juste de quoi laisser passer un
canon de fusil. Si on entre, il faut tâter du pied
comme dans une cave. Des escaliers partout, de ceux
qui descendent et de ceux qui montent. Ce ne sont
pas les mêmes : les uns vont aux greniers, les autres
aux caches creusées dans le rocher. En bas, dans le
fond noir de la maison, il y a toujours un puits ou
une citerne. Ça n'est jamais protégé. Ça bâille avec
sa grosse bouche humide au ras des marches. Ça
reste là. C'est une bonne menace, un bon remède qui
est là tout prêt. Ça peut servir, soit de hasard, soit
qu'on pousse un peu le hasard avec son coude si on a
une femme qui fait trop de petits, une fille un peu
portée ou un vieux père qui tarde.

Donc, l'Augusta était riche et orpheline. Un peu
plus loin, dans les collines, il y avait un notaire. Un
notaire, une citerne, ce sont des choses qui servent.
On a d'abord fait signer à l'Augusta un papier en
règle. Régulier avant tout. Je vois Rodolphe. Il a dû
tirer son chapeau et se gratter, et puis serrer son

menton dans sa main et tirer deux ou trois fois sur
la peau du menton. Puis il a dit :

— Faites voir un peu.

On lui a passé le papier par-dessus la table.

Il a dû demander plusieurs fois :

— Ça, qu'est-ce que ça veut dire ?

Le notaire s'est fait rendre le papier, a mis ses
lunettes, a relu l'acte jusqu'au mot que Rodolphe
gardait sous son doigt.

— Là.

— Là, ça veut dire que...

— Bon. C'est régulier.

Augusta a signé, le notaire a signé. Il ne restait plus qu'à préparer les grosses mains et la
corde.

J'ai lu qu'à Paris certains armuriers vendant des
revolvers à des gens excités se méfiaient et bourraient
les chargeurs de cartouches à blanc. Le mauvais,
c'est qu'aux pleines terres on ne puisse pas faire
d'actes à blanc.

Pour Rodolphe, son fils et toute la ferme des chênaies, on pourra peut-être venger Augusta parce
qu'ils n'ont pas été assez malins et qu'ils ont trop
cru que le plein des terres ça valait la pleine mer. Mais
je connais d'autres histoires, une autre histoire dont
les journaux ne parleront pas.

L'été dernier, dans un petit village de montagne,
j'allais fumer ma pipe le long du torrent avec un
petit vieux rieur, lent, plein de sagesse, fleuri depuis
l'œil jusqu'aux lèvres. Vers le midi, sa femme l'appelait d'une petite voix amoureuse et il s'en allait à la
soupe. A son aise, pour prendre le plat des champs,
on sentait qu'il avait le pied solide, la pensée longue,
le bon poids.

Je lui disais souvent :

— Père Firmin, ça va en faire encore des bonnes pipes avant le temps...

Ça ne le gênait pas de parler de la mort. Tout était si bien huilé en lui. Il se voyait au bout de l'âge avec encore un bon fagot d'années.

La femme est morte. Le père Firmin est resté seul dans sa maison. Alors, le neveu est venu. On a tant parlé de compagnie, on a tant parlé d'enfants, de petite filles, de bonne société bien chaude autour du poêle, on a tant balancé de bonnes soupes sous son nez, de bons fricots, de tabac frais, on a tant montré des mains de jeunes femmes douces aux douleurs des vieillards que Firmin est allé chez le notaire.

Vingt jours après, après vingt bouchées de triste vérité bien amère, Firmin s'est jeté dans le torrent.

Le neveu est un homme solide et rouge. Il a beaucoup de sang. Il lui faut beaucoup à manger. Ça n'est pas gras, ces petits champs à blés noirs là-haut, dans les hautes vagues de la montagne.

Des hommes perdus sur des radeaux, en pleine terre.

Le chant du monde

Il y a bien longtemps que je désire écrire un roman dans lequel on entendrait chanter le monde. Dans tous les livres actuels on donne à mon avis une trop grande place aux êtres mesquins et l'on néglige de nous faire percevoir le halètement des beaux habitants de l'univers. Les graines dont on ensemence les livres, on les achète toujours au même grainier. On sème beaucoup l'amour sous toutes ses formes et c'est une plante bien abâtardie ; encore une ou deux poignées d'autres graines et c'est tout. Tout ça d'ailleurs se sème sur l'homme. Je sais bien qu'on ne peut guère concevoir un roman sans homme, puisqu'il y en a dans le monde. Ce qu'il faudrait, c'est le mettre à sa place, ne pas le faire le centre de tout, être assez humble pour s'apercevoir qu'une montagne existe non seulement comme hauteur et largeur mais comme poids, effluves, gestes, puissance d'envoûtement, paroles, sympathie. Un fleuve est un personnage, avec ses rages et ses amours, sa force, son dieu hasard, ses maladies, sa faim d'aventures. Les rivières, les sources sont des personnages : elles aiment, elles trompent, elles mentent, elles trahissent, elles sont belles, elles s'habillent de joncs

et de mousses. Les forêts respirent. Les champs, les
landes, les collines, les plages, les océans, les vallées
dans les montagnes, les cimes éperdues frappées
d'éclairs et les orgueilleuses murailles de roches sur
lesquelles le vent des hauteurs vient s'éventrer depuis
les premiers âges du monde : tout ça n'est pas un
simple spectacle pour nos yeux. C'est une société
d'êtres vivants. Nous ne connaissons que l'anatomie
de ces belles choses vivantes, aussi humaines que
nous, et si les mystères nous limitent de toutes parts
c'est que nous n'avons jamais tenu compte des psy-
chologies telluriques, végétales, fluviales et marines.

Cet apaisement qui nous vient dans l'amitié d'une
montagne, cet appétit pour les forêts, cette ivresse qui
nous balance, regard éteint et pensée morte, parce
que nous avons senti l'odeur des bardanes humides,
des champignons, des écorces, cette joie d'entrer
dans l'herbe jusqu'au ventre, ce ne sont pas des
créations de nos sens, ça existe autour de nous et ça
dirige plus nos gestes que ce que nous croyons.

Je sais que, quelquefois, on s'est servi d'un fleuve
pour faire charrier à travers un roman des alluvions
de terreur, de mystère ou de force. Je sais qu'on
s'est servi des montagnes et que tous les jours on se
sert encore de la terre et des champs. On fait chanter
les oiseaux dans les forêts. Non, ce que je voudrais
faire, c'est mettre tout ça à sa place. Malgré tout,
dans l'admirable dernier roman de Jules Romains,
Paris est un peu petit. Paris en tant que personnage
est beaucoup plus costaud que ça. Je le connais mal ;
les quelques fois où je l'ai fréquenté il m'a si bien
montré le jeu de certains de ses muscles, si bien réussi
quelques passes de lutte secrète que je le tiens désormais en lointain respect. Dans cette société des gros
habitants de l'univers, il est, avec toutes les grandes

villes, la belle gouape cultivée, sportive, séduisante et pourrie.

Si je dis qu'il est petit, dans ce livre, c'est que pour le moment les hommes ont trop d'importance par rapport à lui. Il est possible d'ailleurs que dans les prochains volumes, son portrait soit complété et qu'au bout du compte on le voie enfin comme il est : plat, rongeur, grondant, fouisseur de terre, embué dans la puanteur de ses sueurs humaines comme une grosse fourmilière qui souffle son acide.

Oui, on s'est servi de tout ça. Il ne faut pas s'en servir. Il faut le voir. Il faut, je crois, voir, aimer, comprendre, haïr l'entourage des hommes, le monde d'autour, comme on est obligé de regarder, d'aimer, de détester profondément les hommes pour les peindre. Il ne faut plus isoler le personnage-homme, l'ensemencer de simples graines habituelles, mais le montrer tel qu'il est, c'est-à-dire traversé, imbibé, lourd et lumineux des effluves, des influences, du chant du monde. Pour qui a vécu un peu de temps dans un petit hameau de montagne par exemple, il est inutile de dire combien cette montagne tient de place dans les conversations des hommes. Pour un village de pêcheurs, c'est la mer ; pour un village des terres, ce sont les champs, les blés et les prés. On ne peut pas isoler l'homme. Il n'est pas isolé. Le visage de la terre est dans son cœur.

Pour faire ce roman, il ne faudrait que des yeux neufs, des oreilles neuves, des chairs nouvelles, un homme assez meurtri, assez battu, assez écorché par la vie pour ne plus désirer que la berceuse chantée par le monde.

Impression Bussière à Saint-Amand (Cher),
le 23 octobre 1990.
Dépôt légal : octobre 1990.
1ᵉʳ dépôt légal dans la collection · août 1973.
Numéro d'imprimeur : 3315.
ISBN 2-07-036330-9./Imprimé en France.